中公文庫

完璧な病室

小川洋子

中央公論新社

目次

完璧な病室

完璧な病室

　弟のことを考える時、わたしの胸は石榴《ざくろ》が割けたような痛みを感じる。なぜだろう。それはたぶん、わたしたちが二人きりの姉弟で、両親の愛情にあまり恵まれなかったからだろう。そして弟が、信じられないくらいの若さで、死んでしまったからだろうと思う。誰だって、二十一の青年の死を容易に想像することなんてできないだろう。二十一といえば、人間が一番死と無関係でいられる時だ。だから、弟はわたしにとってあまりにもいとおしい存在なのだ。このいとおしい気持ちというのは、わたしが他のどんな人間に対しても持ったことのない種類の気持ちだ。父にも、母にも、夫にも、そして自分自身に対してもだ。

　何かささいないざこざで気分が沈んだ時、わたしは弟と過ごした安らかな時間のことを思い出す。晩秋のしなやかな風が、レースのカーテンをすりぬけて、弟のベッドをなでている。弟は腰の後ろに羽まくらをあてて上半身を起こし、わたしに横顔を見せている。わたしは、ベッドの脇のソファーにゆったりと腰掛けて、弟の横顔を見ている。点滴のしずくの音が聞こえそうなくらい静かな午後だ。そして病室は、すべてがきちんと清潔に保たれている。床やユニットバスのホーローは丁寧に磨き込んであるし、シーツには程よく糊がきいて染み一つない。わたしたちは、いろいろな問題について話をしている。プロ野球の日本シリーズの結果について、ソ連のペレストロイカについて、アボカドの調理法について。あるいは、哀れみについて、苦しみについて。弟の声が、薄いベールになってわたしを包んでいる。しゃべり疲れると、二人は好きなだけ沈黙を抱えてそれを温めている。弟の横顔の輪郭は、軟体動物の体表面のように神秘的に透き通っている。わたしの心を乱すものは何もない。完璧な土曜日だ。

弟はいつでも、この完璧な土曜日の記憶の中にいる。ガラス細工のように精巧な弟の輪郭を、今でもはっきりと思い出すことができる。

わたしはまだ、こんなふうに記憶の中だけで弟に会うことに、慣れていない。その時にこみあげてくるいとおしさの塊をどう扱ったらいいのか、よくわからない。淀んだ血液が絡み合い固まっていくように、肋骨の裏あたりでいとおしさの塊がどんどん大きくなってゆく。するとわたしは、それがボンと破裂してしまわないように、じっと息を静める。そしてただ泣いている。もっとじょうずに弟を忘れることができたらいいのに、と願いながら、安らかな病室の記憶に浸っている。

わたしは、何時間も何時間も弟のことを考えて過ごしている。こんなにも長い時間、弟のことを考えるなんて、今までなかったことだ。病にとりつかれる前の弟は、弟というかっちりした枠の中で数学の定義のように存在していて、それ以上何も考える必要などなかった。彼が瀬戸内の小さな町の大学に行ってしまってからは、特にそうだった。ところが、彼がわたしに救いの電話をかけてきた時から、その関係がゆるやかに変形しはじめたように思う。

「近所の医者が、大きい病院で治療したほうがいいって言うんだ。姉さんの勧めてる大学病院、紹介してもらえないかなあ。」

それはひどく、申し訳なさそうな言い方だった。この申し訳なさが、病気の心配以上にわたしをせつない気分にした。おまけに弟はささいな事柄ばかりを気にかけていた。冷蔵庫に残った卵やケチャップのこと、更新したばかりのスイミングクラブの会員券のこと、ゼミの教授に頼まれた文献整理のこと。そんな日常的で、いくらでも取り返しのつくような種類の問題だ。病気、休学、帰京、闘病生活、これらの重大でしかも突然の重荷を、弟は冷蔵庫の中身をゴミ袋に捨てるように、サラリとやりすごすことができたら、と思っていたのだろうか。

いずれにしても、弟はもういない。わたしはこの事実を何回も確認させられた。大学から授業料滞納の通知が届いた時、弟のパジャマを洗濯してアイロンをかけてクローゼットの奥にしまった時、弟のいた病室の扉に別の名札が差し込まれているのを見た時。そのたびにわたしは、「もうわかった。わかったから、そっとしておいて。」とつぶやいた。

弟はあの病室のあのベッドの上で、いつでも完璧に穏やかで、完璧に優しかった。弟の首筋は完璧に滑らかで、弟の吐く息は完璧に透明だった。だからよけいに、哀しい。わたしは発作に襲われるように、何度も何度も繰り返し、哀しんでいる。

弟が東京に帰ってきた日は、文句のつけようがないほどの秋晴れだった。街全体が薄く透き通ったガラスに包まれたようだった。

午前中の診察が終わって人影が少なくなった新患受付のソファーで、わたしは弟が来るのを待った。わたしのそばを沢山の種類の人間が通り過ぎていった。ワゴンを押して洗濯場にシーツを運ぶ看護助手の足元や、レセプトを抱えて立ち話をしている女子職員の胸元や、インフォメーションのカウンターで院内電話番号簿をめくっている受付嬢の指先などを、ぼんやりと眺めていた。どれも見慣れた風景だった。顔見知りの病理学教室の研究補助員がわたしに気づいて、「なぜこんなところにいるの。」と話しかけてきたが、いろいろな事情について説明するのが面倒だったので、あいまいに微笑むだけで何も答えなかった。

正面の入口の自動扉が開くと、清らかな秋の空気がほんの少しだけすべりこんできた。そのたびに、視線を上げて弟を探した。弟はなかなか現われなかった。わたしは何度も、新幹線のホームから大学病院までの道のりを頭の中に描きながら、腕時計の針を目で動かした。もう、いつ到着してもおかしくない時間のように思えた。

弟が瀬戸内の小さな町の病院で受けた診察のデータは、もうすでにわたしから、わたしのボスである消化器外科の教授に渡り、次に血液内科の教授へ、更に主治医となるS医師の元へ送られていた。その間にさまざまな特殊な検査の予約がなされ、十五階西病棟の個室が用意された。これらの事務的な手続きが一つの無駄もなくスムーズに流れていくのを、わたしは何の手出しもできず、ただじっと眺めているしかなかった。弟の病気を受け入れる準備は、完璧すぎるほど整っていた。

会計と薬剤部のマイクロフォンから、患者に順番を知らせるアナウンスが絶え間なく流れていた。まず苗字だけを少し尻上がりにコールして、それからフルネームを告げる。何十秒かたって本人が現われないと、また同じイントネーションで繰り返す。

そのリズムは波のように狂いがなかった。かわいらしい名前、柔らかい名前、強固な名前、慎ましい名前。いろいろな名前があった。名前のイメージから病気の種類を想像してみた。どの名前にも、ぴったりの病気を思い浮かべることができた。それぞれみんな病気なのだ、とわたしは思った。

弟に最後に会ったのは、去年の夏、母親の一周忌の時だった。それはとてもささやかな一周忌だった。武蔵野の林に囲まれたこぢんまりしたお寺で、せみの声が何重にも渦を巻いていた。弟とわたしとわたしの夫の三人は、その渦の目の中にぽつんと正座して、長い時間お経を聞いていた。その後、わたしたちはまるでせみの声に鼓膜を吸い取られたかのように、無口にお寺の精進料理を食べた。そして弟は、そのまま直接、お寺から大学へ帰ってしまった。だから、弟と何かをきちんと話したのは、もうずいぶん前のような気がした。というよりも、お互い大人になってから二人でゆっくり語り合ったような場面を、わたしは一つも思い出すことができなかった。

新患受付、再来受付、会計、薬剤部とコの字形に続くカウンターの向こう側では、白衣姿の職員たちがくるくると動き回っていた。カウンターに向かって右手側にある、床から天井まで届く大きな窓ガラスから、丁寧に手入れされた中庭が一点の曇りもなく見えた。整備課のおじさんがフランスパンの切れ端を細かくちぎって、池のアヒルに投げていた。わたしは白衣のポケットに両手を突っ込んで、ゆっくり立ち上がった。ポケットの中で消しゴムやクリップやしわくちゃになった教授からのメモが、がさがさ音をたてた。ソファーの間を縫ってロビーの端まで歩いて、右肩で窓ガラスにもたれかかった。中庭の明るさが顔の右半分を包んでとても暖かく、うたた寝しているように気持ちよかった。アヒルは水面のパン屑を嘴《くちばし》ですくっていた。おじさんのフランスパンはもうかなり小さくなっていた。おじさんは、それを自分の口の中にポンと放りこんでむしゃむしゃと食べた。その時、誰かの指がわたしの肩先にそっと触れた。

「久しぶりだね、姉さん。」

振り向くと、弟がもう随分前からそうしていたかのように、病院の受付の風景の中に立っていた。姉さん、という言葉が周りの雑音の隙間をするりとくぐり抜けて、わたしの耳に届いた。その響きがとても優しかったので、わたしはまるで、初対面の男の人に声をかけられた時のようにどぎまぎした。

「う、うん。元気そうね。」

そう言ったあとで、自分がひどく無意味な言葉を口にしたような気がした。わたしは弟の身体のいろいろな部分、髪の毛や頬や耳たぶや爪や足首を、上から順番にゆっくり見ていった。そして弟と二人でいる時の感覚を思い出そうとした。

「何だか面倒なことになっちゃって、悪かったね。」

弟は小さなボストンバッグを足元に置きながら、そう言った。弟からこんなふうに感謝されたことが今まであっただろうか、とわたしは考えた。

「あなたは何にも気にすることないわ。うちのボスから血液内科の教授にちゃんと頼んでもらってあるから。主治医の先生も決まってるし。わたしは直接話したことないけど、とっても信頼できる先生だって評判だわ。」

「姉さんはどこの研究室にいるの？」

「消化器外科学教室。アルバイトの秘書だから時間的に余裕あるし、あなたの世話も十分できると思うの。」

わたしはできるだけ、『あなたは何も感謝する必要なんてないのよ』という気持ちを表わそうとした。

フランスパンを食べてしまった整備課のおじさんは、今度はホースで池の周りの花壇と鉢植に水をまき始めた。水の弾ける音がガラス越しに細く聞こえた。

「不思議な気分だね、とっても。」

弟は視線を下げながら、小さな溜息と一緒にそう言った。

「病院に入院する人って、みんなこんな気分になるのかなあ。」

「不安なの？」

わたしは弟の目を見ながら聞いた。

「そんなに不安じゃないよ。でも、何かとっても特別なことが始まりそうな気分なんだ。少し胸がどきどきして苦しくなるような、そんな感じ。」

わたしはうなずいた。

「それに、ここに来たのは僕の意志じゃない。身体が勝手に変になっちゃったんだ。だからよけいにもやもやしてる。」

弟は長くてしなやかな指先を髪の毛の中に滑り込ませながら、顔を中庭の方に向けた。水を浴びた花壇は、花粉の一粒一粒までがきらきらと光っていた。弟はとてもゆっくりと瞬きをしていた。睫《まつげ》の一本一本が花粉の光を弾いていた。弟が、露のついたもぎたての果実のように新鮮に見えた。

わたしは何か、弟を掬《すく》い上げてやれるような言葉を探そうとした。そして余計に言葉が胸につかえて、無口になってしまった。

弟は自分の気持ちを分類して推敲して並べ変えて、何とか辻褄を合わせようとしているように見えた。

二人の間に静かな時間が流れた。

「でも、何とかやっていけると思うよ。」

弟が不意に、小さな声で言った。

「お父さんとお母さんが離婚した時も、それからお母さんが死んだ時も、少し混乱したけど、でも何とかやってこれたんだから。それに、姉さんもそばにいてくれるしね。」

弟は、ガラスに映ったわたしに向かって言った。

「そうね。きっとうまくいくわ。まず慣れることが大切よ。あなたはまだ慣れていないだけなのよ。病気とか病院とか、そんなものに。だから順番に、いろんなものに慣れていけばいいのよ。」

「うん。」

弟は、子供のようにうなずいた。

その時初めて、わたしは自分の中に、いとおしいという種類の気持ちがあることを知った。そしてとにかく、弟の身体のどこかに触れていたいと思った。わたしは弟に一歩近づいて、真っすぐに伸びた背中に掌を当てた。そして、みずみずしく生き生きとしているだろう背中の皮膚や血管や筋肉を、思い描こうとした。

病室にたどりつくまでの間に、わたしたちは、何かトラブルが生じた時でも医師や病院を告訴しませんという誓約書や、病室での盗難には責任を負いかねますという注意書などにサインしたり、看護師さんから病院生活のこまごまとしたきまりについて説明を受けたりしなければいけなかった。その間わたしたちはずっと無口だった。

やっと病室に案内されると、すぐに弟は診察を受けるために下に降りていった。わたしは病室で待つことにした。十五階の西病棟はすべて個室で、そして今日弟が入って満室になった。

病室の中央には、十分に乾燥したシーツでたっぷりと包まれたベッドがあった。それは大きな白い動物がうずくまったように重そうだった。クリーム色の壁紙でおおわれた病室で、ベッドの白さがくっきりと浮かび上がっていた。いろいろなものが、その白く盛り上がったベッドを中心に配置されていた。普通の家の寝室やホテルのベッドと違って、それはもっと意味深いもののように思えた。ベッドの周りに病室があるような感じがした。

入口の左手はユニットバス、右手は小さなガスレンジと流し台になっていた。窓際にはシンプルな形の布張りのソファー、枕元には木製の丸テーブル、部屋の角には金庫のような冷蔵庫があった。どれもみんな無駄のないさっぱりとしたデザインだったが、クールというほどでもなかった。それはきっとすべてが新品というわけでもなく、きちんと使い込まれてまた同じようにきちんと手入れされたあとが、残っていたからだろう。

わたしはベッドの端に腰掛けて、弟のボストンバッグを枕の上に置いた。ピンと張っていたベッドカバーに、風紋のような皺が広がった。

長い一日だ、と思った。これから弟はユニットバスの戸棚に洗面道具を並べたり、パジャマに着替えたり、毛布を広げたりしなければいけないのだろう。そしてわたしは、アパートに帰って、夫に今日の出来事を報告したりこれからのことについてお願いしたりすることになるのだろう。それらが何だかひどく面倒なことのように思えた。ゆるやかに、太陽が傾きはじめていた。窓の下にはなだらかな丘の斜面が広がっていて、公営の団地が何棟も連なっていた。その先には、銀杏の並木に囲まれた大学の本部の建物が見えていた。静かだった。

弟が戻ってくるまで、長く時間がかかりそうだった。わたしは靴を脱いでベッドに横になった。それから、シーツに顔をこすりつけるようにして大きな伸びをした。マットの中で、スプリングがくすんだ音をたてた。

この病室の清潔さは、わたしを安らかな気分にした。ソファーと窓、冷蔵庫と壁、テーブルとベッド。全部が百八十度か直角、どちらかの角度を保って並んでいる。ガスレンジには肉の焦げや野菜の切れ端や胡椒の粒や、そんな、料理を連想させるようなものは一つも落ちていない。スポンジで磨いた跡が、つやつやとしたマーブル模様になって残っている。わたしは今まで、こんな安らかな清潔さを味わったことがなかった。

わたしは両方の掌を頭の下で組んで軽く目を閉じた。ベッドにふんわり抱きかかえられたように、身体が軽かった。何かいろいろなことを考えられそうな気がした。ガラス管がぶつかりあう音と、ナースシューズが床を滑る音が、扉の向こう側を通り過ぎていった。

わたしは母親の唇を思い出していた。母親のことを考えるとき、最初に唇を思い浮かべる訳は、彼女の病気にあった。それはとても厄介な状況で、彼女の周りの人間がたくさん傷つけられた。彼女は、心の病気だった。

まず彼女は徹底的に気力というものをなくした。領収書とか手紙とか頂き物のお菓子とか、そんなものをきちんと整理して片付けることができなくなった。彼女の感情と同じように、家中が混乱してまとまりがつかなくなった。靴箱の上に腐りかけたきゅうりが転がっていたり、熱帯魚の水槽の中に彼女の髪の毛が浮かんでいたりした。

そして数ヵ月すると、今度は異様に気分が高まってきて、家族だろうと友達だろうと他人だろうと、とにかく誰かをつかまえて一日中喋り続けていた。それはもう、少しでも黙っていると息が止まってしまうのではないかという不安に突き上げられたような、切羽詰まった喋り方で、相手をする人間の神経を鉛のように疲れさせた。そして相変わらず、家の中ではダイニングテーブルの上でストッキングが丸まっていたり、洗濯機の中に黴《かび》のはえたオレンジが落ちていたりした。

わたしは、喋り続ける彼女の唇だけを見ていた。口紅の剝げかけた唇、くすんだ肌色の唇、脂っぽい唇、唾液に濡れた唇。だから今でもその輪郭や縦皺の模様を、正確に思い出すことができる。臭うような、くすんだ不潔さの中で、蛆虫が二匹、横に並んでうごめいているようだった。

彼女を一番怖がったのは、父親だ。だから彼は母親と離婚した。精神がばらばらになってしまった人間を愛するのは、とても難しい。わたしも弟も心から父親を慰めた。そして、父親とわたしたちの間には経済的な関係しか残らなかった。

結局彼女は、あっけなく、とても彼女らしい死に方をした。偶然に立ち寄った銀行で強盗事件に巻き込まれて、犯人に射殺されたのだ。その時彼女は十分な躁状態だった。カウンターの上で猟銃を構えた犯人の前へ、何のためらいもなくすたすたと近寄っていったらしい。そして、強盗のばかばかしさや、犯人の身勝手さや、家族の嘆きなどについて、一気に喋り始めた。それは理路整然とした、もっともな内容だったと、銀行員が証言していた。小さな悲鳴、ざわめき、興奮が入り乱れた店内で、彼女の声だけがまるで非常ベルのように響きわたったということだ。彼女は、一点を見据えて、ただあの唇の筋肉だけを絶え間なくくねらせながら、相手の神経をぐるぐる巻きに縛りつけるような傲慢さで、犯人を説得しようとしたのだろう。だれも彼女の病的な正義感を止められなかった。

わたしはこの一連の記憶をぼんやりとたぐり寄せた。そして自分がこの病室の行き届いた清潔さをこんなにも心地よく感じるのは、母親との薄汚れた雑然とした生活のせいだと気づいた。

わたしは、ゆっくりと、順番に家族を失っていった。そして今度は、弟を失うことになるのだろうか。不意に、からだ中が不安でいっぱいになった。厚ぼったい暗幕が頭のてっぺんからかぶさってきたような不安だ。目の奥が少しくらくらした。病室は相変わらずしんと息を静めていた。わたしはただここの清潔さを十分に味わうために、何度も深呼吸をした。

数日が、あっという間に過ぎた。弟はあの病室によくなじんでいた。わたしもアパートと病室の、二重の生活にすぐに慣れた。そして消化器外科の教授室では、いつもの通り、学会用のスライド原稿を清書したり、論文の抄録をタイプ打ちしたり、薬品会社のプロパーを接待したりしていた。

教授は弟のことを気にかけてくれていた。戦争中、妹さんが栄養失調で亡くなった話をしてくれた。一度だけ、妹のミルクを盗み飲みしたことが、人生で一番つらいことだと言った。ミルクを見つめた時の鼓動の高まりや、そろそろと指をミルクにつけて一口なめたあと、たまらずに全部飲んでしまった時の喉の感触などを今でも忘れられずにいるらしい。彼がそのようなプライベイトなことを話すのは珍しかったので、わたしはどう答えていいのかよくわからなかった。

「誰かが死ぬと、残された人たちはみんな、その人にまつわるいろんな後悔を背負って生きていかなくちゃいけないんだね。」

教授は、どことなく宗教的な口調でそう言ってから、出席カードとチョークのケースを持って、学生の講義に出ていった。

しばらくして、英文タイプのリボンを取り替えている時、電話が鳴った。わたしは時計を見て、あと何分で講義が終わるかを確認してから受話器を取った。しかしそれは、わたしあてのS医師からの電話だった。

彼は弟の病状を説明する必要があること、今なら時間に余裕があること、どこか適当な場所はないだろうかなどということについて、順序よくしゃべった。そしてその間、二度吃った。わたしが、今なら第2カンファレンス室があいているのではないでしょうかと提案すると、彼は、「え、ええ。」とまた少し吃って答えた。

S医師は両手に自動販売機の紙コップを一つずつ持って、腰のあたりで扉を押しながら入ってきた。わたしはすぐに戸口に近づいて、扉を押えながら彼にあいさつした。

S医師をこんなに近くで見るのは初めてだった。彼は背が高くて、白衣の上からでも胸の厚みを感じ取ることができた。水泳選手を連想させるような、すばらしくバランスのいいからだつきだ。彼のからだが水に濡れたらきっと美しいだろう、とわたしは思った。わたしは、男の人を見る時、その人の筋肉が水に濡れた姿を想像してしまう。浅黒くてピンと緊張した肩や胸板や太腿の筋肉から、透明な水滴が無数にこぼれ落ちてゆく様子を思い描くのだ。それはきっと初恋の人が水泳部だったからだろうと思う。そしてこの水滴のイメージをすんなりとかきたててくれるようなタイプの男性には、わたしは大体好感を持った。そういう意味からすると、S医師の体格はわたしにとって申し分なかった。

わたしたちは向かい合って、小さなメモ台が付属したカンファレンス用の椅子に腰掛けた。

「まあ、お茶でも飲みながらと思って。」

S医師は、紙コップの一つを渡してくれた。コンテでひいたように、くっきりと長い指だった。廊下ですれ違うだけだった時のあいまいな印象が、細かい部分から明瞭になっていく感じがした。

「弟さんとは、あ、あんまり似ていないんですね。」

彼は紙コップの紅茶を一口飲んでから、メモ台に両腕をのせて、ゆったりと、わたしを見つめた。その表情がとても素直だったので、わたしは反対に少し緊張してしまった。

「そうですね。性格も違います。読む本の種類とか、政治に対する考え方とかも。」

わたしは紙コップの中に視線を落とした。錆《さび》色の液体が、だんだんに熱を失って、澱みはじめていた。わたしはそれを喉の奥に流し込んだ。ひどい味だった。どことなく玉葱の香りさえした。

「礼儀正しくて、冷静で、物静かな青年ですね。きっと、治療もスムーズにいくと思います。」

彼が足を組んだので、白衣の合わせめから白いズボンに包まれた太腿の輪郭がのぞいた。わたしは、隆起した筋肉が、つややかな水の膜におおわれている様子を思い浮かべた。

「しかし、弟さんは、かなり、こ、……困難な状況にあります。」

こんなん、という言葉が何か特殊な意味を持っているかのように、S医師はそこのところでひどく吃った。

「困難……ですか。」

わたしは、太腿の輪郭を目でなぞりながらつぶやいた。

自分が、どこか特別な場面に投げ出されたような気がした。ロッカールームで、水泳部の彼が濡れた水着をわたしの制服に押しつけてきた時、警察の霊安室で、母親の唇がぐったりと色あせているのを見た時、そんな時に感じたのと同じ種類の気持ちだ。何年かたって思い出す時も、ああ、あの時は特別だったんだ、と感じるような、せつなくて息苦しい場面だ。

カンファレンス室の窓には、隣の校舎棟の壁がほんの数十センチのところに迫っていたので、自分の視線を外に逃がしてやることができなかった。わたしは、この特別な場面に、どんどん塗り込められていった。

わたしにはそれが一番大切な問題であるように思えたし、それ以外、何も聞きたいことが思い浮かばなかった。

「どれくらい、生きられるでしょうか。」

「十三から、十六ヵ月でしょうか。」

「十三ヵ月……」

その数字をかみくだくのに、少し時間がかかった。今まで十三ヵ月などという数字について、しみじみと考えたことがなかったからだ。十三ヵ月で人は何ができるのだろう。赤ん坊なら立って歩くことを覚える。浪人生は大学生になり、恋人同士は夫婦になる。いろいろな尺度でその数字を測ろうとした。けれど、弟にとっての十三ヵ月がどんなものになるのか想像しようとすると、胸の中で、熟れすぎた果肉がべちゃべちゃと潰れていくように気持ち悪く息苦しくなって、うまく考えをまとめることができなくなった。

わたしたちの周りには、同じメモ台つきの椅子が十数個、シャーカステンの方に向かって無造作に並んでいた。シャーカステンの足元に、実習用のノートの切れ端が一枚落ちていた。ブルーのインクで人型のはんこが押してあって、アルファベットの書き込みがあった。わたしは、S医師が何か言ってくれるのを待った。

S医師は両方の掌でメモ台を押しながら立ち上がって、壁際の移動式黒板をわたしの前に引っ張ってきた。

「まず、生きることから考えましょう。彼のためにもあなたのためにも、僕を含めすべてのスタッフが、懸命の努力をします。」

ケンメイノドリョク、という言い方が美しすぎて、わたしは真っすぐに彼を見ることができなかった。彼は最初からずっとわたしを見ていた。

彼は弟の病気について、三色のチョークを使い分けながら説明しはじめた。骨髄でつくられた未熟な細胞が無制限に増殖していく仕組みや、その悪性の細胞が全身をめぐるためにおきる障害や、薬の使用によって変化する病状のリズムなどについて、丁寧に説明してくれた。次から次へと話すことが浮かんでくるようだった。専門的な用語にはすべて、わたしのための簡潔な補足説明がついた。途中で二回チョークが折れて、また何度か吃った。

彼が小さく息を呑んで、言葉を口の中に含んでしまうたびに、わたしは彼の頬を両手で撫でて、縮こまった舌をやわらげてあげたくなった。わたしの胸は相変わらず気持ち悪くて混乱していたので、説明の中身を一直線に理解することができなかった。いろいろな言葉が仕付け糸のように絡まっていた。だから、時々つっかかる、危なげな彼の喋り方のリズムだけに耳を浸していた。

「どんな些細なことでもかまいません。何か不安なこと、聞いておきたいこと、ありませんか。」

指先についたチョークの粉をはたきながら、Ｓ医師が言った。そしてわたしの言葉を待つような仕草で軽く黒板にもたれた。

「ありがとうございます。」

まずわたしは、余計なことを考えずにそう言った。

「でも大丈夫です、わたし。変な言い方かもしれませんけど、こういう状況、理解できるつもりでいますから、母親も平均寿命の半分くらいで死んだんです。しかも猟銃で撃たれて殺されるなんて、とっても珍しい死に方で。それに、消化器外科の研究室で、いろんな種類の症例を何枚も何枚もタイプ打ちしてますから。既往歴の説明とかデータを整理した表とか折れ線グラフとかがあって、最後に＋の印のついた症例を、もう数えきれないくらいタイプしました。ああ、この人も死んだんだな、って思って、＋の印のキーをパチンって打つんです。だから、大丈夫なんです。死ぬことが、この世の中にあふれていること、ちゃんと理解してますから。」

わたしは少し喋りすぎているような気がして、ここで息をついた。

S医師は何度も大きな相づちをうった。そのたびに白衣のポケットからのぞいた聴診器の管がゆらゆらと揺れた。

「どうして自分の弟だけが、っていうふうには、思いたくないんです。そう思ってしまうと、本当につらくなるから。」

「どうか自分の気持ちを、うまく立て直して下さい。あなたと弟さんが、一番安らかな状態でいられるように。」

「はい。」

わたしは、すっかり冷たくなってしまった紙コップの表面を撫でながら答えた。講義の終わりを知らせるチャイムが、校舎棟の奥の方で響いていた。

「先生にはご兄弟がいらっしゃいますか。」

ふと思いついて、わたしは尋ねた。

「血のつながった、という意味でなら、いません。でもそれ以外の意味でなら、兄弟はたくさんいます。」

S医師は黒板を離れて、さっきと同じわたしの向かいの椅子に腰掛けた。

「僕の家は、こ、孤児院なんです。」

「孤児院？」

わたしにはそれが、聞き慣れない、とても新鮮な言葉のように思えた。

「そうです。でも、僕が孤児だったという訳ではなくて、僕の両親が孤児院を経営していたということなんです。」

「孤児院、の経営ですか？」

「ええ。ですから、血のつながった兄弟は一人もいませんが、それ以外の兄弟はうんとたくさんいます。たった一日、一緒に暮らしただけで、新しい家族を見つけて出ていってしまった兄弟もいれば、引き取られてきたばっかりの、顔を知らない兄弟が今日我家に誕生しているかもしれないという訳です。」

「なるほど。」

わたしは孤児院の中で、兄弟が増えたり減ったりしていくしくみについて、何とか想像してみようとした。

「じゃあ先生、兄弟を失うって、どういうことなんでしょうか。どうなってしまうんでしょう、そのあと。」

「新しい家族が見つかると、その子はさりげなく我家、つまり孤児院を出ていきます。他の子が歯を磨いたり昼寝している時に、こっそりと。」

「お別れのあいさつはしないんですか。」

「しません。父にも母にも、他の子供たちにも。孤児院のことを一日でも早く忘れることが、その子にとっての、幸せだからです。父が最後のお祈りとお説教をして、それで、終わりです。」

S医師は、電気製品の使い方を説明するような、あっさりとした口調でそう言った。

「僕にとって、兄弟を失うということは、つまりそういう意味のことなんです。新しい家族が見つかったことを、喜んでやらなきゃいけない、そしてできるだけ早く僕たちのことを忘れてもらいたい、そういう種類の別れです。」

「わたしは、弟と、どんな別れ方をしなくちゃいけないんでしょうか。弟に何をしてやるべきなんでしょうか。わたし、弟の病気のことと同じくらい、もしかしたらそれ以上に、自分のことが気懸りなんです。ずっとあとになって、弟のことを思い出して、胸が押えつけられて、それで大きな声を出さなくちゃ我慢できないような、そんな後悔をするんじゃないかって。病気なのは弟なのに、どうしてこんなに自分のことばっかり考えてるんだろうと思うと、また自分が嫌になって、つらくなるんです。」

自分の気持ちを説明しようとすればするほど、わたしの中で、不安のアメーバがじめじめ増殖していった。

「そんなふうに、ちゅ、抽象的に考えるのはよくないと思います。抽象的な考え方から出てくる結論は、やっぱり抽象的なもので、それじゃあ自分を納得させるのに力不足なんですよ。特に、弟さんが置かれているような、具体的な場面では。」

Ｓ医師は、がたがたいわせながら椅子をひきずって、わたしの真正面に坐り直した。彼の体温が、息遣いと一緒に伝わってくるほど近くに、彼がいた。

「だからもっと、具体的に考えましょう。た、例えば、弟さんが背中が痛いと言ったら、あなたは彼の背中をさすってあげることができるでしょう？」

「ええ。一晩中でも。」

「それに、薬を飲み忘れないように声をかけることもできるし、二人で思い出話したり、ナースの噂話したりできるじゃないですか。あなたにできる具体的な事柄は、いくらでもありますよ。」

わたしは、Ｓ医師の胸のあたりを見ていた。

「あなたが彼のお姉さんだというだけでも、十分彼にとっては、い、い、意味のあることです。」

彼が、いみ、と言った時に、わたしは本当に彼の頬に手を伸ばしそうになった。しっとりと温かそうな頬だった。

「慰め方が、とても、おじょうずなんですね。初めて会った人に、こんなふうに一生懸命慰めてもらえて、うれしいです。」

「何といっても、僕の家は孤児院ですからね。孤児っていうのは、いつでも人に慰められたがっているんです。だから僕は、病気を治療するより、人を慰める方が、本当はずっと得意なんです。」

S医師は、口元だけ小さく微笑んだ。わたしは、孤児のようにもろく危なげな目で、S医師を見た。

弟が入院してから、わたしはほとんどの時間を病室で過ごすようになった。夕方五時になるとできるだけ急いで教授室を出て、エレベーターで十五階西病棟に上がった。そして週末は、朝から消灯時間まで、ゆったり弟と一緒に過ごした。

わたしは、病室がとても好きになっていた。病室にいると、産湯につかった赤ん坊のように、安心できた。身体の内側が、隅々まで清らかに透明になっていった。

わたしがこんなにも病室を好きなのは、そこに、生活がなかったからだ。病室には、残飯もない、油の染みもない、埃を吸い込んだカーテンもない。当然、腐りかけたきゅうりや、黴のはえたオレンジもない。

一日一回、決まった時間に保清係の人が二人やってきて、手際よく完璧に病室を磨いてくれた。彼女たちは専用の台車にモップやスポンジやクレンザーをまとまりよく並べて、それをごとごと押しながら入ってくる。そしてわたしと弟に二言三言話しかけたあと、二手に分かれて黙々と作業を始める。手順はもうすっかり決まっていて、無駄な動きが一つもない。一人がユニットバスのホーローを磨いている間に、もう一人がシーツと枕カバーを取り替えて、化学ぞうきんで窓や冷蔵庫やベッドの枠やドアのノブや、とにかくあらゆる所を拭いてくれる。それぞれの作業が、ほとんどぴったりのタイミングで終わるので、わたしはいつも感心してしまう。それから、ユニットバスの係の人が鉄の塊のような業務用の掃除機を、床の升目模様にそって丁寧にこすりつけて、その後をもう一人が薄いワックスを含んだモップで磨いていく。

その間わたしと弟は手持ち無沙汰でソファーに腰掛けている。一日分の生活の匂いがスポンジや化学ぞうきんや掃除機に吸い込まれていくのを、すがすがしい気持ちで眺めている。生き生きと力がこもっていて手際のいい、この一連の作業を見ていると、心が落ち着く。二人が出ていった後の病室は、上等なシャンパンのようにつやつやとしている。

何日放っておいても、この病室は何も変わらないだろう。シーツもレンジもホーローも相変わらずつやつやしたままだろう。変性しないこと、退化しないこと、腐敗しないこと。そのことがわたしを安心させる。

しかし、病室を愛するわたしの気持ちとは別の所で、病気はずっしりと弟の身体の中にしみ込んできていた。弟にとって、まず食べることが大きな問題になった。弟の喉をスムーズに流れ落ちていける食べ物のリストが、どんどん削られていった。

わたしはできるだけ酸味の強い小型のりんごを選んで、ステンレスの調理台の上で八分の一にした後、それをいちょう形のうすぎりにする。もろくて壊れそうなその一枚を人差し指と親指でそっとつまんで、上にクリームチーズをぬる。どうか、クリームチーズのきめの細かい白さと、りんごのみずみずしさが、弟の中でうまく溶け合いますように、と祈る。弟はそれを、高価な宝石を扱うようにそろそろと口に運ぶ。

十五分くらいたつと弟は、

「ちょっと、ごめん。」

と言ってベッドを降り、ユニットバスの扉をパタンと閉める。そしてとてもあっさり、とても静かに戻してしまうのだ。扉の中で、間が抜けるくらいだらだらと水の音がしている。

「クリアできなかったよ。」

弟は独り言のようにそうつぶやきながら、またベッドにもぐりこむ。

その時わたしは、多くの種類の気持ちがいっぺんに湧き上がってきて息苦しくなる。かわいそうで、絶望的で、遣り切れなくて、淋しくて、これらが全部混じり合って、濁った色になってしまう。

調理台の上で、りんごの残骸がもう変色し始めている。クリームチーズの塊は、角を一掬い削られたままじっとしている。黒いビニール袋にりんごと皮とクリームチーズとそのパッケージを全部押し込んで、口をきつく結ぶ。弟がクリアできなかった食べ物が、ステンレスの上からすっかり姿を消したのを確かめてから、そのビニール袋を廊下の突き当たりにあるダスト室に持って行く。

わたしは病室にほんの少しでも〝有機体〟が残っていると我慢できない。それが、母親と暮らしていた頃の、靴箱の上の腐りかけたきゅうりや洗濯機の中の黴のはえたオレンジのように、変性していくのが嫌なのだ。できるだけすぐに何もかも、黒いビニール袋に詰め込んでダスト室に運ぶ。

ダスト室の扉は厚みがあって重い。蝶番《ちょうつがい》の油がきれていて、猫が鳴くような音がする。中はとても不思議な臭いに満たされている。ここに入るたびに、この臭いを何かで形容しようとするけれど、いつもうまくいかない。人が三人くらい横になれそうな大きなプラスティック製の籠が二つ並んでいて、燃えるゴミと燃えないゴミに分れている。燃えないゴミの籠の中には、大体薬品の空ビンや口の折れたアンプルなどが入っている。

わたしはビニール袋の結び目の所を握って、燃えるゴミの籠めがけてそれを投げ入れる。ガサッ、と短い音がして、自分のビニール袋が他のゴミの間になじんでいくのを見届けてからダスト室を出る。猫の鳴き声と一緒に重い扉がぐっと閉まる時、わたしは厄介な問題を片付けたかのように、安心する。

ゆでた栗にはちみつをかけたのも、グレープフルーツをサラダ菜で巻いたのも、キイウイのジュースにえびをひたしたのも、だめだった。申し訳なさそうに、弟はユニットバスの中に入っていった。そして濡れた小鳥のように、ひっそりとまたベッドに戻ってきた。わたしは栗の渋皮やサラダ菜のじくやえびのしっぽを、ビニール袋に詰めてダスト室に運んだ。

弟と一緒に、わたしも食欲をなくしていった。病院の食堂かどこかで何かきちんとしたものを食べようとしても、「ちょっと、ごめん」と言ってベッドを降りる弟の首筋のもろさや、黒いビニール袋の結び目の、つるつると湿っぽい感触を思い出すと、わたしの内臓はいっせいに口を閉じてしまった。

弟の膚《はだ》の白さは、食べ物を戻せば戻すほど純粋になっていくような気がした。弟の身体から、だんだん匂いが消えていった。弟は、病室の清らかさの中にかっちりと組み込まれていった。

　不思議なことに、ぶどうだけがすんなりわたしたちに受け入れられた。特にコールマンがよかった。わたしたちは今まで、ぶどうをこんなふうに特別な食べ物として考えたことはなかった。りんごやチーズと比べてぶどうのどのあたりが優れているのか、見当もつかなかったが、わたしはとにかく毎日ぶどうを求めた。

　病院の中のフルーツショップには、萎びたベリーAしかなかったので、わたしはたいてい大学通りの果物屋まで坂道を降りていった。そこに新鮮なコールマンがない時には、地下鉄を乗り継いでもっと大きな街の果物専門店に行った。いくつものコールマンが陳列棚の上で礼儀正しくセロファンに包まれているのを見ると、なつかしい人に出会えたような明るい気分になった。色合いや光沢や実のまとまり具合をゆっくり吟味して、ベストのものを一つ選んだ。そして一房のぶどうを抱えて、また病室に戻っていくのだった。

　ぶどうを探すことが、わたしにとって一番特別なやりがいのある仕事になった。もっと寒くなって、ぶどうが取れなくなったら、わたしはいったいどこまでぶどうを探しに行ったらいいのだろう。そうふと考える時、わたしは深いプールに投げ込まれたように、バランスを失ってもがいた。

「おやすみ。」

と言って病室を出る時、わたしは一日の終わりを感じた。だから、その後アパートに帰ってからの時間が、何か余分なもののように思えた。

夫は東京のはずれにある理系の単科大学の助手なので、毎日極端に帰りが遅かった。九年前、わたしたちが初めて出会った時からずっと、理学部で遺伝子の研究をしているのに、わたしは少しも彼の研究の概略や意義や成果を理解できなかった。わたしが夫についての何かを考えるとすれば、それはいつも夫の不在についてだった。夫の不在と自分との関係について、夫の不在の意味について、夫の不在が終わる時について。わたしは夫の不在をあらゆる角度から分析した。それくらい徹底的に、夫は不在だった。

だからわたしが帰ってくる時、この部屋はいつも暗かった。自分で明かりのスイッチを探さなければいけなかった。そしてパチンと明かりが弾けると、わたしは最初に台所の流し台を見た。そこはわたしの一番苦手な場所だった。だからどうしても、そこを見ないではいられなかった。

そこには、朝、夫が使った食器が怠惰に積み重なっていた。ガラスのデザート皿にコーヒーカップがしりもちをついて、それにミート皿がもたれている。その隙間にナイフとフォークとティースプーンが刺さっている。わたしは美術作品を眺めるように、しばらく流し台の前に立っている。

半熟卵が一筋流れ出して、皿の縁に回虫のように張り付いている。コーヒーの飲み残しがセロリの切れ端を粘土色に染めている。ヨーグルトが、脳味噌のように固まっている。流し台は〝有機体〟にあふれている。

わたしは、口紅をかじって飲み込んでしまったような重苦しい吐き気を感じた。それを鎮めるために、湯沸器の水量をいっぱいにあげて〝有機体〟にたたきつけながら、病室のシーツの白さや、ガスレンジの輝きを懸命に思い出そうとした。

弟が入院した頃から、夫は新しく重要な実験に入っていて、毎日午前三時頃帰ってきた。こんな中途半端な時間に食事の準備をしていると、不思議な気分になる。頭の芯は眠気で凝り固まっているのに、手足は妙にふにゃふにゃしている。感覚も眠っているので、味を想像したりすることもなく、ただひとつひとつの手順を生理現象のようにこなしていく。窓の外は落ち着いた深い暗闇で、この部屋だけがけばけばしいほどに明るい。彼がうがいをしたりわたしが冷蔵庫を閉めたりする音が、その明るさにぶつかって部屋中に散らばっていった。

　わたしは彼の前にビーフシチューとグリーンサラダとロールパンを二個並べた。一つ食器を置くたびに、コトリ、と食卓が鳴った。わたしは眠気が詰まって重くなった身体をもてあますように、ゆっくりと彼の向かいに坐った。

「どう？　調子は。」

　彼は料理の上で視線を一周させながら言った。

「あんまり、良くないみたい。」

　最近のわたしたちの会話の始まりは、大体同じだった。

「どんなふうに？」

　彼はいつも弟の病状について具体的で整然とした説明を求めたので、わたしは言葉を探すのに苦労した。弟の病気を論理的に観察したことなどなかったからだ。弟と一緒にいる時のわたしは、感覚と感情の清潔な海に浮かんでいるようなものだった。自分が海そのものであるかのように、自然だった。

「貧血が進んでるみたい。食欲も落ちてるわ。治療の副作用もきついし。」

　わたしはその海から這い出して、できるだけ理性的に弟の病気の現実を説明しようとした。

「悪いことだらけだね。」

夫はスプーンの先をシチューの中につけて軽くかき回した。

「本当に、そうね。」

弟の病気が進んで行く先には、抜け道がなかったので、わたしたちの病気についての会話はいつも中途半端で途切れてしまった。

シチュー皿の中で茶色の液体が澱んでいた。彼は銀色のスプーンでその液体を無造作にすくった。

「やっぱり、ぶどうばっかり食べてるの？」

「うん。二人とも遺伝子がぶどう色になりそう。」

わたしは彼の口元から目を離さずに言った。彼は微笑んだ唇の間にスプーンを差し込んだ。茶色のしずくが一筋、唇の縦皺にそってこぼれそうになると、二枚貝が呼吸するように、柔らかい舌が伸びてきてそれを吸い込んだ。肉の脂と唾液で縦皺が湿った。

弟がぶどう以外のものを食べる時、クリアできるかどうかとても心配で、じっと口元を見つめて祈っていたので、この真夜中の食卓でも夫の食べる仕草に見入ってしまう癖がついていた。街を歩いていてもテレビを見ていても、何か食べている人を見かけると、虹や雹《ひょう》のような珍しい自然現象に出会ったかのように、どうしても見過ごすことができなかった。食べ物の材料、形態、食器、唇、舌、喉、とにかくあらゆる部分を一通りチェックしないと気が済まなかった。

弟がぶどうを食べる時のように美しい食べ方をする人は一人もいなかった。唇の動かし方や唾液の弾ける音や歯の艶や、どこかがわたしを不快な気分にさせた。ぶどうを食べる時の、淡い紫色に染まった弟の指先は、上等な工芸品のように繊細だった。混ざりけのない透明な皮膚に、ぶどうの果汁がしみとおっていくのを、わたしは飽きもせずじっと見ていた。それがとても快感だった。

ほおづえをついたパジャマの袖口から、夜の冷たさが忍び込んできた。二人が黙ると、もう彼の食事の音しか聞こえなかった。痛いくらいに冷えた静けさの中で、肉をちぎったり野菜を砕いたりする音だけがあぶりだしのように浮き上がってきた。

「今度の週末も、ずっと病室にいていいかしら？」

「ああ。いいよ。」

「あなたはどんなふうに、週末過ごすの？」

「実験があるんだ。だから数時間は大学に行かなくちゃいけない。僕の方は、何とか適当にやってるよ。」

「ごめんなさいね。」

「いいよ、気にしなくて。」

「わたしたち、毎日午前三時にしか会えないわね。何だか変な夫婦。」

「別に変じゃないさ。僕はただ、君が午前三時にここにいてくれさえすれば、それでいいんだ。」

彼はフォークにトマトと貝割れ大根を突き刺した。赤い蝶々の触角のように、貝割れ大根が頼りなげに揺れた。

――なんてあなたは優しいのだろう。そして、そんなに優しいのに、どうして無造作に何でもかんでも喉に押し込んで飲み込むことができるのだろう。――

わたしは、優しいことと食べることが、正反対の動作であるかのように、矛盾に満ちた目で彼を見た。

わたしはこのビーフシチューと同じ色を、どこかで見たことがある気がして、ずっと考えていた。じゃがいもとにんじんとマッシュルームと溶けかけのたまねぎ。これらをすっぽり包み込む生温かい液体について、いろいろな種類の記憶を引っ張りだしながら考えていた。

舌と歯と唾液が絡み合う湿っぽい音が、彼の内側から聞こえてきた。とても肉体的な音だ。

――そう、肉体を連想させるような記憶。その人間から肉体だけが切り離されて、わたしの前に横たわっていた。――

そこは手術室だ。わたしは見学用のブースの中で、手術を見ていた。

――そう、あの時、内臓から流れだしてきた不思議な印象深い色と、同じなんだ。

――

わたしは探し物を見つけたように、ほっとした。

わたしは一度だけボスに勧められて六年生たちと一緒にオペを見学した。手術室は九階にあって、専用のエレベーターでしか降りられないようになっていた。エレベーターの扉が開いた瞬間、そこには病棟や研究棟とはどこか違った寒々しい雰囲気が広がっていた。まずエレベーターホールには何もない。ソファーも公衆電話もベンジャミンの鉢植もない。頼りないくらいにすっきりしている。そして暗い。ホールの隅は薄い闇にぼやけている。電灯の半分はスイッチを切られている。わたしは学生たちに押されるようにして、そこを通り過ぎた。

手術室は思っていたよりもずっと素っ気ない小部屋で、壁も天井も床も機材も全部セメント色だ。ざわざわと立ち働く多くの種類の人間たちは、誰もわたしたちのことを気にとめない。

手術室の隣の詰所の天井に、人間一人分くらいの穴がぽっかり開いていて、そこに狭くて急な階段がつながっている。わたしたちはそこを昇って見学用のブースに入る。わたしは学生のグループから少し離れた所に立って、オペの予定表を広げる。キムラ・ケイコ　34歳　♀　卵巣摘出　とある。

不透明な白い手袋をはめた手が、何本も何本もその肉体の上で交差する。内臓は赤く充血して、鮮やかで、きれいでさえある。そして奥の方から卵巣が引っ張り出される。重さを量るように、一人の医師がそれを掌にのせる。卵巣は、震えるように小さく揺れる。彼女がこれを抱え込んでいた時の痛みが、全部この中に詰まっているかのように、表面がピンと張り詰めて、緊張している。医師がメスの先を表面に突き立てると、一筋の裂け目が走る。

「チョコレート嚢胞だ。」

学生の一人がつぶやく。

『チョコレートのうほう』

学生を振り返りながら、わたしもその言葉を口の中で繰り返してみる。

──何てかわいらしい言葉だろう。──

とわたしは思う。指先でつまんで、口の中で溶かしたくなるような言葉だ。

しかし、メスの刃の下からあふれ出てきた液体は、言葉のかわいらしさとは正反対に、吐き捨てたくなるような不快な色をしている。血液が腐敗した色だ。ビニールの手袋の上にとろりと広がって、今までに溜め込んできた体温や体臭を一遍に放り出している。その傍で卵巣はすっかり萎びている。

──初めて出会う色だ。──

とわたしは感じて、しばらくそこから目が離せなかった。チョコレート嚢胞から流れ出してきた液体の、温もりや密度や匂いを、目で味わうように、ブースのガラスに顔を近づけて、じっと見ていた。

わたしは、あの時と同じ目で彼を見た。シチューがゆっくりと温かさを逃がしていた。彼が唇を少し開く度に、彼の舌が腐った血液色に染まっているのが分った。

「ねえ、チョコレート嚢胞っていう病気、知ってる？」

わたしは自分が何を言おうとしているのか少し怖かった。

「知らない。」

彼は素っ気なく答えた。彼にチョコレート嚢胞の本当の意味が分るはずなかった。

「それがどうかした？」

彼は自分の舌の色になど気づかずに、パンをちぎって口に押し込んだ。

「別に、何でもないんだけど……」

わたしはサディスティックに言葉を飲み込んだ。

「友達が、それで手術したの。」

「あっ、そう。君の周りには、病人が多いんだね。」

彼はまた、平気でシチューの中にスプーンを突っ込んだ。

これ以上喋っていると、シチューとブースのガラスに映った体液とがぴったり重なり合う様子を、本当にべらべら説明してしまいそうになるので、口をつぐんだ。相変わらず彼の唇だけが休みなく動いていた。

彼の後ろの流し台の隅で、野菜の皮やコーヒー豆の滓《かす》やパンの耳がぐったり重なり合っている。わたしは彼の向こう側と彼の唇を交互に見比べる。そして、

――食べる、ってことは、どうしてこんなに美しくないんだろう。――

と思う。人間が起こす行動の中で、一番生理的で無意識的で官能的だ。料理はいつも、汚れた流し台と背中合わせに並べられる。

窓の外の暗闇のどこかにノブがついていて、そこを引っ張ると向こう側に、底無し

のダスト室が隠れているのなら、わたしはどんなに安心できるだろう。きっとわたしは黒いビニール袋を何ダースも買い占めて、せっせとその中に食べ物を詰め込むだろう。そしてそれをぶらさげて、ハミングでもしながらノブを回すだろう。そして唾を吐くように、暗闇めがけて、力一杯投げつけるのだ。

――生活に関するあらゆる物をダスト室に投げ込んで、ガラス細工のようにすずやかに生きていけたら……

　と心の底からそう感じて、わたしは背中を丸める。わたしは昔っから、〝生活〟が嫌いなのだ。

　学校から帰ると家の真ん中に、なげやりな目をした母親がいた。彼女の周りを洗濯物がぐるりと取り囲んでいる。彼女はぼんやり、布の山を眺めている。わたしはたまらなくイライラして、洗濯物の上を踏み付けながらわめく。

「洗濯物っていうのはね、こんなふうに積み上げとくだけじゃ、ただのゴミなの。アイロンかけて、ぴっちりたたんで、タンスにしまわなきゃ、何の意味もないの。ねえ、それくらいわかるわよね。そんな難しいことじゃないわよね。」

　わたしの足元で、バスタオルやハンカチや靴下が皺くちゃになって、ますますゴミに近づいていく。

「うん。わかってるよ。やらなきゃいけないって、そればっかりずっと考えてたの。」

母親は弱々しくわたしを見上げる。彼女の生活の泉はすっかり干上がってひび割れている。

ばらばらに分解された彼女の精神のおかげで、わたしたちの生活もどこかが異様によじれていた。

庭を見る。花壇があって、三色すみれが咲いている。すみれの中に、皿が一枚置いてある。その皿を見つけて、すぐにがらくたの忘れ物だと思わなかったのは、それが外国製の上品なボーンチャイナで、上にショートケーキが二つのっていたからだ。わたしはこのよじれた場面を何とか理解しようと、想像力を奮いおこしながら、花壇とケーキに近寄って行く。

「母さん、母さん。」

わたしは乱暴に叫ぶ。花壇にしゃがみ込んで、地面に顔を近づける。土と草と花粉の匂いの中に、生クリームに覆われたケーキが二きれ、ひっそりとうつむいている。わたしは顕微鏡を覗く時のような慎重な目で、それを観察する。何の飾りもなくて、ただスポンジと同じくらいの厚みにたっぷりとクリームを塗り付けただけのすっきりしたケーキだ。背中の方から日の光が暑いくらいに降ってきて、生クリームの上でまんべんなく弾けている。絞り出し袋の口金の模様が、溶けかけている。傍で三色すみれの花びらが、絵の具のチューブから流れ出てきたままの鮮やかさで、せせら笑うようにくっきりと咲いている。場違いな甘ったるい匂いが、わたしを気持ち悪くさせる。

　わたしが一番許せなかったのは、生クリームの表面から連なる一本の黒い筋だ。それはとても精巧に流れているので、最初はじっと動いていないように見える。そして二三度瞬きすると、か細くてもろい足が無数に交差しているのが見えてくる。次から次へとわき出してくる蟻は、皿の縁で一度つまずいて、ボーンチャイナの滑らかな光沢の上をよろけながら進む。生クリームにたどりつくと、そのとろけるような柔らかさの中に自分を埋める。不透明な白い脂肪に紛れ込んだ蟻は、もがくように体をくねらせる。それが何匹も何匹も、うんざりして吐きそうになるくらい続く。

　わたしは、この生クリームを口に含んだ時の感触をどうしても想像してしまう。本当はそんなこと考えたくもないのに、舌の感覚が勝手にクリームを掬い上げている。それは日の光を浴びて、舌の表面と同じくらい生温かい。ほとんど液体になって広がっていく。しばらくしてから、植物的な甘さが伝わってくる。そして同時に、蟻がわたしの舌や歯茎を這い回る。蟻の足がちくちくとわたしの粘膜に引っ掛かる。口の中で次々卵が孵化するように、蟻が這い出してくる。

わたしは生クリームにまみれた蟻を吐き出すように大きな声で、

「ねえ、どうしてなの。」

と叫ぶ。

「花壇の脇に坐ってすみれを見てたら、隣の奥さんがこれをくれたの。お皿にのせて、はいどうぞって。わたしが作ったの、味見してみてって。それで母さん、ありがとうございますって言って、お皿を持ったわ。お皿はとっても重いのに、ケーキは壊れそうなくらいふわふわしてたの。どうしたらいいんだろうって考えて、しばらく立ってたわ、ここに。どうにかしなきゃいけないってことは、わかってたけど。でもだめだったの。身体中のねじがゆるんでて、動かせなかったの。ケーキが倒れないように、そっとお皿を置くだけで、精一杯だったの。」

――そう。わかってるわ。あなたは病気だから、何をやっても、何をやらなくても、一応筋は通ってるのよね。あなたはいくらでも上手に弁解できるのよね。――

わたしは自分のいらつきをもてあまして、足元の蟻を踏み付ける。

あの時のケーキをわたしはどうしたのだろう。もう忘れてしまったけれど、きっとすぐに捨ててしまったのだろう。そして蟻が潰れて黒い染みになった皿を、ごしごし洗ったのだろう。あの頃のうちのごみ箱には、不自然に変性してしまった食料がいっぱい詰まっていた。

母親との〝生活〟を弟に押しつけて、逃げるようにして結婚したのに、やっぱりわたしは今でも、ここで〝生活〟している。チョコレート嚢胞を思い浮かべながら、汚れたスプーンや皿を洗わなければいけない。チョコレート嚢胞色の残飯を、流し台の隅に積み上げていかなければいけない。わたしはまだ〝生活〟の気持ち悪さから逃れられずにいる。

窓ガラスにわたしたちの食卓がくっきり浮かび上がっている。窓の向こう側は深い森のように暗い。彼はもうほとんど全部を食べてしまった。

「おいしかった？」

わたしはほんの少し、意地悪そうな目をして彼を見る。

「おいしかったよ。」

彼は愛情に満ちた口調で答える。そしてテーブルに両手をついて立ち上がる途中、軽くキスまでしてくれる。それは、腐った血液の香りがする。

秋はどんどん深まっていった。いつしか、息を深く吸い込むと冷たさで胸の奥が微かに痛むような季節になっていた。だんだんとコールマンも手に入りにくくなった。

デパートの地下にある果物専門店に頼んで、温室栽培のぶどうを取り寄せてもらうしか方法がなくなった。わたしはほとんど毎日そこに足を運んだので、店員さんとも顔なじみになった。わたしが姿を見せると、何も言わずににこにこしながら、ぶどうの絵のついた長方形の箱を出してきてくれた。

「どうです、いいコールマンでしょ。」

自慢気にそう言いながら、ふたを開けて中を見せてくれた。わたしにとってぶどうは、弟の病室に入るためのチケットのように大切だった。

土曜日の午前中、回診が終わった後の病棟はひっそりと穏やかだった。弟は上半身を起こしてスポーツ雑誌を読んでいた。わたしが背中でドアを閉めると、弟は雑誌をパタンと閉じて片手で軽く合図した。雑誌の表紙には、プロ野球の日本シリーズで優勝が決まった瞬間の、鮮やかな写真が載っていた。

「やあ。」

「うん。」

わたしたちはいつも、こんなふうにあいまいにあいさつした。わたしは冷蔵庫の中にぶどうの箱を入れた。他にはヘアリキッドのビンが一本入っているだけだった。冷やして使うと気持ちいいんだと、前に弟が説明してくれた。余計な食べ物が全然入っていない冷蔵庫というのは、たっぷりと明るくて眩しいくらいだった。

「急に口の中、口内炎ができちゃって、うまく喋れないんだ。自分の口じゃないみたいな感じだよ。」

弟はわたしの方に向かって大きく口を開いた。その仕草が幼くてかわいらしかったので、わたしは口内炎のことをそれ程深刻に受け止めずにすんだ。

「先生にちゃんと言わなきゃだめよ。我慢する必要なんてないんだから。ちょっと薬塗ればすぐよくなるわ。」

わたしは楽天的にそう言った。弟はうなずきながら口を閉じた。

それからしばらくの間、二人とも何も喋らなかった。弟はまた雑誌を広げて、ペナントレースの個人タイトルの一覧表を丁寧に見ていた。わたしは、ソファーに坐ってじっとしていた。

病室は、保清係のおばさんたちの、あのきびきびとした掃除が終わった直後で、いつにもましてさっぱりとしていた。ここでは、何もしないでいることが少しも苦痛にならなかった。何時間でもわたしは、何もしないでいることができた。病室の完璧な清らかさを味わいながら、弟を見ているだけでうれしくなった。

自分以外の人間と二人きりで、区切られた空間に長い時間閉じ籠もっているのに、どうしてこんなにも安らかに無口でいられるのか少し不思議だった。お互いの息遣いや鼓動やそんな身体から出る波長がぴったり重なり合っているようで、余計なことを何も考える必要がなかった。夫と二人で午前三時の食卓に坐っている時、わたしはいろいろと余計なことを考えてしまう。ビニール手袋の上に広がる液体のことや、ロの中を這い回る蟻のことなどを考えてしまう。なのに病室にいる時、わたしは一度も気持ち悪くなったことがなかった。自分の内臓が全部空洞になっていくように、爽やかだった。

弟が自分にとってこんなにも好ましい人間だということを、わたしは今まで知らなかった。ベッドの脇のソファーに坐っていると、弟への気持ちがむくむくと盛り上がっていくのが分った。その気持ちは、始まったばかりの恋愛に似ていた。裸の赤ん坊を抱いた時のように、柔らかくて暖かい。人を愛し始める時、わたしは必ずそんな気持ちになった。その人の言葉も仕草も肉体も、全部が快感を与えてくれる。自分の感情の醜い所が音もなく剝がれ落ちていく。自分の内側がどんどんきれいになっていくのを感じる。そして痛いくらいにひたむきに、その人を求める。病室の弟は、わたしにこんな恋愛の始まりを思い起こさせた。

だからといって弟を男として愛したという訳ではなかった。弟の性別にこだわったことなどなかった。別に弟が女だったとしても、何も変わらないと思う。恋愛の始まりの部分はとても短い。すぐに恋愛の渦の真ん中に落ちていってしまう。そうなると、もう引き返せなくなる。肉体的な関係の行き違いが気持ちを濁らせたり、お互いの優しさを競争で計り合うようになる。夫との時もそうだった。でも弟とわたしは男と女ではなくて、弟と姉なのだから、これ以上どこにも落ちていく必要もなかった。ずっとこのままでよかった。恋愛が始まる時にやってくる、完璧な安らぎをいつまでも味わっていればいいのだ。ずっと始まりにいるのだから、わたしたちには終わりがないような気がした。永遠を信じられそうな気がした。——いつまで？——という悪魔のようなささやきを一生懸命に踏みつぶした。そのささやきを本当に聞いてしまったら、——弟が死ぬまで。——と、答えてしまいそうだったからだ。

　もし弟が病気にならなかったら、彼を愛する方法をずっと知らずにいただろう。〝弟〟という簡単な一言で、二人の間を全部片付けていただろう。彼がこの病室に入ってきて初めて、わたしは弟という人間と出会ったような気がした。

　窓の外はよく晴れていて、その気持ちよさが病室にもさしこんできた。弟が東京に帰ってきてから、ほとんど毎日晴れていた。風も光も十分に乾燥していた。団地の直線的な輪郭が空を複雑な形に切り取っていた。

「姉さん。」

いつの間にか弟は、スポーツ雑誌をサイドテーブルに伏せて、投げ出した足の上に枕をのせて、真直ぐに前を向いていた。

「義兄《にい》さんはどうしてる？」

それは不意の質問だったので、わたしは思わず、え？　と聞き直した。

「今日は土曜だし、義兄さんはどうしてるのかなあ、と思ったんだ。」

弟は自分の舌で口の中の腫れを撫でながら言った。

「相変わらず実験ばっかりやってるわ。実験には終わりってものがないのよね。今日も実験、明日も実験。終わりのない仕事なんて、わたしだったら気が変になるわね。でも、もちろんあなたのことは心配してるわ。わたしの顔を見て、一番にあなたのことを聞くの。なかなかお見舞いに行けなくて悪いなって、気にしてるみたい。」

「そんなことはいいんだ、別に。」

弟はじっと病室の壁を見ていた。ブルーのパジャマを着ていたので、首筋と手首の白さが余計に引き立って見えた。皮膚の細胞が一個一個透明になっていくような白さだった。このままどんどん身体が透明になって、空気の中に溶けていくようなきれいな死に方を、弟はするのだろうかと思うと、不安で悲しかった。弟の目は、病室をすり抜けてもっとずっと遠くて深い所を見ているようだった。

「義兄さんとはうまくやってる？」

「そうね。何とかやってるわ。」

「義兄さんと一緒にいる時の姉さんを、あんまり見たことがないからかもしれないけど、義兄さんに甘えたり嫉妬したり愛されたりしている姉さんの表情を思い描こうとして、いつも失敗するんだ。」

「わたしがやってることは、そんな大げさなものじゃないわ。生活の繰り返しよ。食べて寝てごみを捨てる。生活そのものね。」

わたしは蟻のまつわりついた生クリームとオペ室のブースのガラスに映ったビーフシチューを、交互に思い出しながら言った。

「生活って、うすのろよね。幼稚で汚らしいの。」

「そうか……」

弟の声はオブラートのように頼りなげに、溶けていった。扉の向こう側を、車椅子の車輪がキュルキュルと滑っていった。弟は枕をずらせながら、毛布の中にもぐり込んだ。

「イメージトレーニングって知ってる？　スポーツ選手が使うやつ。」

わたしは肩まで毛布にくるまって、こちらに顔を向けている弟に聞いた。

「うん。知ってる。」

「わたし、時々それをやってみるの。夜中、彼が帰ってくるのを待ってる間、自分と彼の完璧な関係を思い描いてみるの。まずわたしはゆったり自然に呼吸できる状態で、適度に微笑んでいる。そしてここが大切なポイントなんだけど、決して喋り過ぎない。いろんなことを一度に喋り過ぎて、彼をうんざりさせることがしょっちゅうあるから。それで、心が温まるような会話を組み立てるの。それから、ごく自然に彼が髪を撫でてくれたり、肩に手を置いてくれたり、そんなスキンシップがあって、部屋はきれいに整頓してあって、家具は光るくらいに磨き込んであって……。こんなふうにイメージをどんどん高めていって、密度を濃くしていって、それで現実の彼を迎えるの。」

「で、どうなるの？」

「彼が帰ってきて、だいたい数秒から数分でそのイメージは崩壊ね。とってもささいな一言とかくだらない仕草とかでだめになっちゃうの。ずっと長い時間待ってて、イメージがどろどろになるくらい煮詰まって、それで結局彼は帰ってこなかったりすることもあるしね。」

「へえ。」

弟はおおげさ過ぎるくらいに大きくうなずいた。そして、しばらくしてから、

「僕は、いろいろなことを何にも知らないまま、死んでいくんだね。結婚だって僕には絶対経験できないことだ。時間がなさすぎる。」

と、わたしから目をそらさずに言った。ベッドとわたしの間に、一つ一つの言葉がゆらゆらと落ちていくような気がした。それをどうやって拾い集めたらいいのか分らなかった。彼が自分の死についてそんなにも具体的に考えていることを知って、氷を無理矢理飲まされたように胸が痛んだ。

「僕は、セックスだって知らないまま、死ぬんだ。」

その時くらい、セックスという言葉が無垢に響いたことはなかったと思う。弟の表情は、悲しそうでも淋しそうでもなく、あどけないほど穏やかだった。わたしはソファーから立ち上がって、窓の枠にもたれた。病院から続く坂道が、大学本部の銀杏並木の中にだらだらと延びていた。誰も歩いていなかった。弟とわたしとそして無垢なその言葉だけが、取り残されたようにそこに居た。

「セックスって、」

自分の声が少しかすれているように聞こえた。

「そんな特別扱いするべきものじゃないわ。生活の一部、繰り返しの一部よ。」

弟は何も言わずに、毛布の中に顔を半分埋めた。わたしはレースのカーテンの端を指先でなぞった。

「うすのろな生活の中で、みんなが当たり前にやっていることよ。それを、生きてる間にやったかやらなかったかなんて、たいした問題じゃないわ。そんなことで、悲しまないで。お願い。」

「大丈夫だよ、姉さん。」

弟はそう言いながら、すっぽりと毛布にくるまった。彼が姉さんと言ってくれる時、わたしはあまりにもいとおしくて、息苦しくなってしまう。毛布に包まれた弟の輪郭は、抱きしめたくなるくらいほっそりとしている。

わたしは窓際から離れて、弟の枕元にひざまずいた。毛布の隙間から髪の毛だけがのぞいていた。その髪の毛に触れると、彼が小さく震えながら泣いているのがわかった。声は何も聞こえないのに、弟の涙がさらさらとシーツにこぼれていくのがわかった。

――そんなに泣かなくてもいいのよ。――

わたしは髪を撫でた。

――時間が止まったみたいにひっそりと、ここであなたと一緒に過ごす方が、わたしにとってはずっと快感なの。こうやって髪を撫でていると、掌からあなたの体温がゆっくり流れ込んできて、気持ちいいわ。だから、泣かないで。——

　祈るように、何度も何度も髪を撫でた。弟が泣いていることをのぞいたら、完璧な土曜日だった。わたしたちは生活の汚れから遠く隔離されていて、誰にも邪魔されず二人きりで、とても愛し合っていて、そしてわたしの掌は快感であふれていた。それなのに弟は、いつまでも、清らかに泣き続けた。

　あれ以来、弟は一度も泣かなかったし、死について口にすることもなかった。淡々とぶどうを食べて、わたしが種と皮をダスト室に運んだ。わたしは、一日に何度もあの場面を思い出して、つらくなった。弟の髪に触れた感触が、じわじわと気持ちを侵食していった。何も変性しない病室で、弟だけが確かに弱っていった。

　次の土曜日の午後、わたしは坂道を下りて、弟に頼まれた本を探しに大学の図書館へ行った。病室を愛するのと同じ意味で、わたしは図書館も好きだった。図書館にも生活のにおいがない。空気がしんと目をつぶってうつむいている。みんなが自分の内側に引きこもっているので、だれもわたしの気持ちを乱さない。

　ここの図書館は天井が高くて、書棚の間を歩いていると、上の方の窓から鮮やかな銀杏の葉の黄色と空の青が見えた。本の背表紙とその窓を交互に見ていると、めまいがしそうなくらいに高い天井だった。床を叩くヒールの細い音が、一直線に上へ伸びていった。

わたしは弟に書いてもらったメモを持って、美術史から演劇、アメリカ現代文学へと書棚を回った。アーヴィングの〝I〟の棚を探している時、誰かが背中でわたしの名前を呼んだ。振り向くとS医師がいた。病院以外の場所で、白衣を脱いだ私服の彼を見るのが新鮮で、思わず彼の全身を眺めてしまった。

「よくここには、く、来るんですか。」

彼は顔を近づけて小さな声で言った。こんなふうにささやく時でも、やはり吃ってしまうのがどことなく微笑ましかった。

「はい。今日は弟に頼まれて。」

彼は淡い色合いのセーターにジーンズという何気ない格好をしていた。わたしを見下ろす角度、肩のカーブ、筋肉の厚み、腰から足へのつながり方、とにかく体型に関する部分は全部、白衣を着ている時と変わらず水泳選手的に美しかった。

「そうですか。医学書以外の本は、なかなか医学部の図書館で揃わないので、僕もよくここに来るんです。」

わたしたちの声は、しんとした空気を突き抜けて天井にぶつかった。貸し出しカウンターに坐っているバイトの学生が、検索カードを整理する手を止めて、こちらを見ていた。

「もしよかったら、外で少し、は、話しませんか。」

S医師は一段と声を低くして、カウンターの学生を気にしながら言った。

「はい。この本、借りる手続きしてきますから、少し待っていて下さい。」

わたしは急いで〝I〟の棚から『ホテル・ニューハンプシャー』を引き抜いて、他の二冊の本と一緒にカウンターへ持っていった。

図書館の扉を開けると、そこからキャンパスのメインストリートが真直ぐにのびていて、両側は銀杏並木の黄色でいっぱいだった。風が吹くといっせいに木々が揺れて、葉っぱがぱらぱらと斜めに落ちていった。空の青さの中で、一枚一枚の黄色の輪郭がくっきりと浮かび上がった。その黄色は、地面に落ちてくるまでの間に陽を浴びて何度も光った。

「キャンパスの中で、僕は秋のこの場所が一番好きです。嘘みたいにきれいですね。」

S医師は図書館の玄関のステップに立って言った。わたしはうなずきながら、彼の横顔の向こう側を落ちていく葉っぱを目で追いかけた。

「行きましょうか。」

彼に促されてステップを下りた。三冊の本で膨れたバッグが気になって、上から押えたり持ち方を変えたりしながら、わたしはS医師の隣を歩いた。足を動かすたびに、落葉が乾いた音をたてた。土曜日の午後で、学生の数も少なくて、みんながゆったりと歩いていた。

「疲れませんか。看病と、仕事と、それから家事と。」

「大丈夫です。病室にいる時は、全然疲れないんです。」

「そうですか。」

そのあとわたしたちは、ほとんど何も喋らずにただ落葉を鳴らしていた。

経済学部の裏にこぢんまりした公園があって、その中の教職員専用のレストランに彼は案内してくれた。そこは古い木造の洋館で、椅子やテーブルやウェイトレスの制服もどことなくクラシックだった。南側の広いテラスいっぱいに陽が当たっていて気持ちよさそうだったので、わたしたちはコーヒーカップを持ってテラスに出た。風が吹いていない時は、柔らかい布にすっぽり包まれたように暖かかった。少し風が吹くと、頰と首筋のあたりがひんやりした。そしてテーブルの上にも銀杏の葉が降ってきた。

白衣を着ていないS医師は、無口だった。が気まずい感じではなかったので、わたしも無理に話題を探そうとしなかった。教授と女子学生、若い助手と留学生、事務職員の男女、いろいろな組み合わせのグループが遅い昼食をとったり芝生でテキストを広げたりしていた。

「看病は疲れませんか、本当に。」

彼はまた同じことを聞いた。

「ええ。わたし、病室が好きなんです。病室で弟と一緒に過ごすのが。」

「どうしてですか。」

「もちろん、病気が好きという意味じゃありません。わたしはただ、弟が、好きで、それで、病室は、好きな人と一緒にいるのに、理想的な場所だっていうことを発見したんです。うまく言えないんですけど。何だか、誤解されそうな説明ですね。」

わたしはうつむいて、コーヒーを啜った。

「あなたが弟さんを、好きだ、というところは、よ、よく分りますよ。」

彼の人柄の良さは全部、この吃った喋り方に表われているような気がした。体格と喋り方のバランスで、彼の良さを十分感じ取ることができた。

「孤児院のこと、聞いてもいいですか。」

彼をもっと丁寧に理解するには、どうしても孤児院のことを無視できないと、わたしは思った。

「どうぞ、何でも。」

彼は明るく言った。

「じゃあ、まず、どういうきっかけで先生のお家が孤児院になったんでしょうか。」

「それは簡単です。僕の家はもともと教会だったから、アンラッキーな子供たちが自然に集まってきて、それで僕たち家族の生活の中にも入り込んできたんです。教会だから広いスペースはあるし、宗教法人だからお金の心配はあまりないし、人手は信者さんがいっぱいいるから、僕が生まれた時、家はもう立派な孤児院になってました。」

「先生は、孤児院に生まれた孤児じゃない子供だった訳ですね。」

「いいえ。僕は、こ、孤児として育てられました。両親は僕が生まれた時、うちの孤児が一人増えたんだと思うように努力したらしいですね。さ、差別してしまうのが、怖かったんでしょう。」

「じゃあ先生は、食べたり寝たりするのも孤児たちと一緒だったんですか。」

「もちろんです。何もかも、本物の孤児と同じです。」

その時少し強い風が吹いて、銀杏の葉が一枚シュガーポットとナプキン立ての間に降ってきた。彼はそれを大事そうにつまんで、足元に落とした。

「だから僕には、家族という概念がないんですね。本物の孤児たちは、どんどん新しい家族を見つけて孤児院を出ていくのに、僕は絶対にずっと、孤児のままでいなくちゃいけなかった。」

ウェイトレスがそっと近づいてきて、二人のコップに水をつぎ足してくれた。

「お、大人になることで、やっと僕は孤児から脱出できました。」

彼は、コップの表面についた水滴を指で拭った。

「孤児院の食事って、にぎやかなんでしょうね。」

わたしは気分を変えるように、彼から視線をずらして公園の遠い所を見ながら言った。

「そりゃあもう、すごいですよ。ほとんど小学生以下の小さな子供だし、それに僕の両親と、もっとも僕は彼らのことを他の孤児たちと一緒に先生と呼んでいましたけど、それから手伝いの信者さんたち、全部合わせて二十人くらいで食べるんです。食事が終わった後の食卓の下は、一面、たべかすの海ですよ。大げさじゃなく。それを当番の子が、モップで掃除するんです。」

ご飯つぶやスパゲッティーの切れ端やレタスの芯が、床の埃にまみれながら、モップの先にくっついていく様子を、わたしは思い浮かべた。

「あなたには、そんなざわついた、う、薄汚い食卓は、想像できないでしょうね。」

「いいえ。」

わたしは勢いよく首を横に振った。

「わたしの母は、重い精神病だったので、何だかとっても、異様な家庭だったんです。彼女には、生活する能力がなくなってました。最後には、結局、生きる能力もなくしていたんですけど。」

「お母さん殺されたって、前に言ってましたよねえ。」

「ええ。銀行強盗に、猟銃で。でもその時、わたしほっとしたんです。もうこれで、自分の育った家がなくなったんだって。母親がめちゃくちゃに混乱させてた生活に、帰らなくてもいいんだって。」

「そんなに混乱してたんですか。」

「生理的な感覚の問題かもしれませんけど。心を病んでしまった人間と暮らすっていうことは、無脳症の胎児のホルマリン漬けを食卓の真ん中に置いて食事するようなものなんです。」

わたしはカップに残ったコーヒーを全部飲んだ。嗅いだこともないのに、何となくホルマリンのにおいがしたような気がした。

「孤児院じゃなくても、どこの家でも、食卓っていうのは、薄汚れてるものですよ。」

「な、なるほど。」

テラスいっぱいに当たっていた陽の光が、いつのまにか翳りはじめていた。彼のすぐ後ろに日陰が迫っていた。テラスにいるのは、わたしたちだけになってしまった。

「病室は、そんな生活の薄汚さを、完璧に掃き出した場所ですね。そこに弟と一緒にいると、自分が天使か妖精になったような気がします。弟を愛する気持ちだけ食べていれば、それだけで生きていけるような。」

彼は口元で笑った。そして本物の天使か妖精を見るような目で、わたしを優しく見た。彼は、慰めてもらいたい、という気持ちをわたしに起こさせる人だった。

「そんなふうに弟さんを愛せるあなたが、うらやましいですね。無理矢理孤児にされた、ぼ、僕としては。」

わたしはまた彼のセーター越しに、水滴のついた胸の筋肉を思い浮かべた。

「でも、……」

その胸は、滑らかで暖かいベッドのように、目の前にあった。

「でも、弟が死ねば、わたしもやっぱり、孤児ですね。」

弟が死ねば、なんて考えたくもないのに、言葉だけが勝手にさらさらと流れ出してしまった。自分が喋った言葉の広さだけ胸に隙間ができて、そこに彼の背中から吹いてきた風が舞い込んできた。理想的な筋肉を持った孤児と二人で、鮮やかな秋の陽に包まれていても、やっぱりわたしはどうしようもなく悲しかった。身体が破裂しそうだった。

「大丈夫ですよ。こ、孤児になるのは、そんな、か、悲しいことじゃありません。だれでもすんなり、な、なれるものです。」

わたしはただ意味もなくうなずいた。何か喋ろうとしても、涙しか出てきそうになかった。身体が本当に壊れてしまわないように、彼の筋肉のベッドに潜り込んで、できるだけ長い時間、できるだけぐっすり、眠ることができればいいのに、と、痛いくらいにわたしは思った。

すぐに冬が来た。弟はどんどん衰弱していって、ついにぶどうも食べられなくなってしまった。分厚くて丈夫そうな合成樹脂の袋から一滴ずつ落ちてくる、琥珀色やワイン色の液体だけが、何とか弟の身体にしみ込んでいった。

例の徹底的な掃除が終わった後、しばらくすると看護師が、液体入りの袋や両端にプラスティックの弁のついた細い管や一本一本真空パックされた針の束などを持って入ってくる。彼女は手際よくシールを剝がしたり管をつないだり弁の調節をしたりする。血液なんて一滴も流れていないかのような白くて弱々しい弟の腕に、ゴムを縛りつけて、無理矢理血管を浮き出させる。そして針と管を絆創膏で無造作に腕に張り付けるのだ。小さなしずくがゆっくり落ちていくのを、気が遠くなるような気持ちで眺めていても、やはりいつかは袋が空になって、薄紅色の血液が管を逆流し始める。そうすると看護師がまたやって来て、さっきとは逆の順番で装置をはずしていく。合成樹脂の袋や管や針は、そのままダスト室に運ばれる。

だから、わたしがダスト室の重い扉を開けることはもうほとんどなくなった。病室には、捨てるべき物がなくなってしまった。

その年の東京は何十年ぶりかの大雪で、毎日信じられないくらいの雪が降った。東京の街がこれほどたくさんの雪に覆われるのを、わたしは初めて見た。ある朝起きるとその冬最初の雪が降っていた。ひとときも止む気配がなく、だんだんに勢いが激しくなって、夕方には空も空気も風も雪に埋まった。その日から、雪国に迷い込んだような毎日が続いた。病室の窓は、雪のせいで夜でもほんのり明るかった。弟はほとんど立って歩く元気がなかったので、ベッドの中からよく雪の様子をたずねた。わたしはできるだけいろいろな種類の言葉を使って、説明しようとした。

「白い薔薇の花弁が何枚も何枚も落ちてくる感じよ。」

「ポプラの種が下から舞い上がってくるみたい。」

「今日は小麦粉みたいな粉雪よ。この中を歩いたら、むせてしまいそう。」

などと説明すると、弟は、

「へえ、そうなの。」

と言いながら、か細い視線を窓の方に向けた。弟は窓枠に縁取られた雪を、わたしはだんだん透明になっていく弟を、長い時間じっと眺めていた。

雪がひどくなるにつれて、大学も人が少なくなっていった。試験が終わり、長い長い休暇に入った。土曜日の午後図書館に行っても、怖いくらい誰もいなかった。わたしは閲覧室、視聴覚室、学習室、そして書庫を、散歩するようにゆっくり歩いて回った。何かを考えたいのか、それとも何も考えたくないのか、自分はどちらなんだろう、と思いながら、ただ図書館を歩いていた。一列一列書棚の間に入っていって、アメリカ現代文学の〝I〟の所まで来ると、大抵そこにS医師がいた。約束をしたことなど一度もないのに、どうしてそこにS医師がいてくれるのか、最初は不思議だったが、確かに彼はわたしを上手に慰めてくれる人だったので、余計なことは聞かずに、しばらくの時間を彼と過ごした。それは、経済学部裏のクラシックなレストランでコーヒーを飲むという、慎ましいひとときだった。

テラスにあったテーブルや椅子は片付けられていて、一面雪が積もっていた。もう、テラスでコーヒーを飲むことはできなかった。レストランの中は十分に暖かくて、コートの下のカーディガンもすぐに脱ぎたくなるくらいだった。

公園はすっぽり雪に包まれていた。鮮やかに風に揺れていた銀杏の黄色を思い出させる物は、一つも残っていなかった。知らない間に、弟とわたしに残された大切な時間が、ごっそりと雪の下に埋まってしまったような気がした。

「ここ、明日から閉めるみたいですね。し、新学期まで。」

「そうですか。」

わたしたちの他には、資料を並べて書き物をしている教授風の男性が一人いるだけだった。ウェイトレスはぼんやりレジ台にもたれていた。

「じゃあ、もうここでは、会えないんですね。静かに落ち着ける、いい場所なのに。新学期なんて、ほんとに来るんでしょうか。ここの雪が全部融けてしまうには、気が遠くなるくらい時間がかかりそう。」

わたしは水滴のしたたる窓ガラスを見ながら言った。

「いつかは来ますよ、新学期だって。」

「その時まで、弟は生きてるでしょうか。」

彼はテーブルの下で足を組みかえて、コーヒーにスプーンを突っ込んで、そして結局何も答えなかった。その方がわたしもよかった。わたしはただ、自分の言葉が彼の胸にもたれかかっていくのを、聞いていたいだけだった。

「最近、近づいてくるのを感じるんです。」

「な、何がですか。」

「弟が、……弟が、いなくなってしまう時が、です。」

わたしは自分の気持ちの中で一番むごい所を口にする時でも、やはり彼の水泳選手的な筋肉の美しさを思い描いていた。そのイメージに快感を覚えながら、同時に弟へのあまりのいとおしさに苦しんでいた。快感と苦しみと両方ともがめいっぱいに腫れ上がって、わたしの胸をふさいでいた。

スプーンをかき回す指先にさえ、しなやかに鍛えられた筋肉が感じられた。

——その指で、彼は患者の身体をくまなく撫でるのだろうか。血液や消化液や消毒薬で、その指は濡れるのだろうか。——

指から腕、肩、胸へと、すがりつくように視線を動かしていった。

「先生、わたしを、抱いてくれませんか。」

とてつもないことを口にしているのに、わたしは妙に冷静だった。S医師はもっと落ち着いていた。

「それは、何を意味するんでしょうか。」

表情を少しも変えないで、しかも吃らずに彼は言った。

「何も意味しません。ただ抱いてくれるだけでいいんです。抱きしめてくれるだけで。」

腫れ上がったわたしの胸にぷつんと小さな穴が開いて、そこから勝手にこのとてつもない言葉が吹き出してくるようだった。

「今夜、場所は……病室が、完璧に清潔な病室のベッドがいいのですが。」

「いいですよ。僕にできることですから。」

乱暴な詮索をしない、控えめな言い方がわたしを安心させた。相変わらず雪は降っていて、教授風の男性は何かを書いていて、ウェイトレスはぼんやりしていた。わたしたちもその静かな風景を乱さないように、ゆっくりとコーヒーを飲んだ。

わたしたちは病棟の裏庭から、螺旋《らせん》状の非常階段を見上げていた。空は深い藍色で、月も星も出ていなかった。粉雪がまばらに落ちてくるだけだった。雪の粒が彼の髪や睫やセーターの編目にくっついていた。空気が全部凍りついてしまったように静かだった。風も吹いていなかった。

「行きましょうか。」

S医師の掌が背中に軽く触れた。わたしは幅広のマフラーをあごの下で結んでいたので、うまくうなずくことができなかった。

「はい。」

そう言って、砂糖菓子を崩すようにそろそろと、一段めに積もった雪を踏んだ。螺旋階段はとても滑りやすかったので、右手でてすりを握って左手で彼の腕をつかんでいないと怖かった。転ばないように身体のあちこちに力を入れていたので、すぐに息が切れた。四階くらい昇るごとに、休まなければいけなかった。

「疲れませんか。」

「寒くありませんか。」

と、彼はまめに声をかけてくれた。雪の螺旋階段を昇る訓練を昔からしてきた人のように、彼の手足はバランスよくやすやすと動いていた。

一段昇るとそれだけ藍色が近づいてきた。豆の木に登るジャックのように、空の一点に吸い込まれそうな気がした。雪の落ちてくる一番奥の泉が見えてきそうだった。

弟がいる十五階を過ぎて十六階までくると、もうそこが最後だった。下を見ると、二人分の足跡がぽつぽつと螺旋状にのびていた。二人の弾んだ息が白く絡み合って溶けた。

「ちょっと待って下さいね。」

彼は非常扉を少し開けて、中を覗いた。

「誰もいませんか。」

わたしはかじかんだ唇で聞いた。別に誰に見つかっても構わなかったのだが、その時にしなければいけない込み入った事情説明のことを考えると、気が重かったのだ。

「大丈夫ですよ。」

そう言って彼は、わたしを先に中に入れてくれた。

消灯時間を過ぎた病棟はほんのりと暗かった。廊下の先にあるナースステーションの明かりだけが、わずかにここまで届いていた。病室の扉はどれもきちんと閉まっていて、人の気配がしなかった。わたしは彼の腕をつかんだまま、足音を立てないように、爪先に気持ちを集中させて歩いた。

非常口から数えて四つめの病室に、彼はわたしを案内した。

廊下と同じように暗いのに、中の様子はすぐにつかめた。全部、弟の病室と同じだったし、窓から見える雪の白さが鮮やかだったからだ。

「電気をつけましょうか。」

「いいえ。このままにしておいて下さい。」

「ふ、服は脱いだ方がいいですか。」

「はい。あなたの、胸の筋肉で抱いて欲しいんです。」

Ｓ医師は本当に、わたしが答えられることしか聞かなかった。もし彼が一度でも、吃りながらでも、どうして、という言葉を口にしたら、わたしは立ちすくんでしまうだろう。

彼はわたしにとって恋人でも夫でも幼なじみでもなく、抽象的な人間だ。二人の間には思い出も未来もなく、死に近づいた弟がいるだけだ。それなのに、弟をいとおしむ気持ちが彼の筋肉を求めていた。

ベッドの向こう側で、果実の皮がむけるように、洋服が身体から剝がれていった。彼の胸が闇の固まりになって目の前にあった。背中の方から雪の明かりが彼を包んでいた。ぼやけた光の中で、筋肉の輪郭が生々しく浮き上がっていた。わたしは彼から目をそらさずに、手袋とマフラーをはずして、コートを脱いだ。

わたしたちは無言でベッドに横になった。頬の感触でシーツの十分な清潔さが分った。その頬を彼の無防備な胸に押し当てると、たくましい腕がゆったりとわたしを覆った。街の音も病院の音も、全部雪に吸い込まれてしまって無音だった。この病室が時間からも場所からも切り取られて、宙に浮いているような気がした。

わたしはできるだけ自分を小さくして、彼の中にすっぽり収まろうとした。唇のすぐそばに、水滴のよく似合う、滑らかでしなやかな筋肉の隆起があった。舌をのばせばそれを味わうこともできそうだった。けれどわたしにとって大切なのは、触れ合うことではなく包まれることだった。

そして彼の筋肉に完全に閉じ込められた時、肉感的な孤独がわたしを安らかにした。

——このままひっそりと無機物のように清らかに生きていけたらいいのに。何も変わらず、何も変性せず、何も腐敗せず、このままずっと弟と一緒にいられたらいいのに。——

次から次へと願いが込み上げてきた。それは涙になってあふれ出た。まばたきすると、しずくが彼の胸を伝って流れた。ここは暖かくて安全で静かで官能的でさえあるのに、わたしはどうしても涙を止められなかった。

——もっときつくわたしを閉じ込めて下さい。わたしの身体の奥にできた、腫瘍のような涙の塊を砕いて下さい。——

わたしは、彼の胸の中で溶けてしまいそうなくらい泣いた。泣きながら、空を漂う雪と凍りついた空気が触れ合う、透明な音を聞いたような気がした。

気づかないうちにゆっくりと、雪は融けていった。病院に続く坂道を歩いている時、光の匂いのする風が正面からおりてきて、ふと立ち止まったら、もう雪はすっかりなくなっていた。どんどん時間がわたしを追い抜いていくのがつらくて、ポストの後ろや路地の溝の中を覗いてみたけれど、雪は残っていなかった。

そして、桜の花びらが雪のように舞い始める頃、弟は死んだ。十三ヵ月も生きることはできなかった。弟の身体は、最後、本当にガラス細工になってしまった。

S医師は弟を見送ったあと、孤児院を継ぐために病院をやめた。彼にとって、弟が最後の患者になった。わたしたちはもう会うことはなかった。ただ、弟の死について考える時は必ず、彼の胸に閉じ込められた雪の夜のことを思い出して、泣いた。

揚羽蝶が壊れる時

寝巻の帯紐をほどき、背中と布団の間に腕を差し込んで身体を浮かせ、素早く帯紐を抜き取る。寝巻の前を開けると、さえの白く濁った膚が覗く。細い肋骨に張り付いた皮膚は、紙のように強張っている。首筋から胸にかけて薄茶色の染みが散らばり、粉を吹いたように乾燥している。腰骨の間に落ち込んだ腹が微かに上下している。敷き布団にぴったり吸い付いているさえの身体から、剝ぎ取るようにして寝巻を脱がせる。彼女の体液のにおいを含んだぬくもりが、掌を伝わってくる。露わになった下半身から、ごわごわの紙おむつが目に飛び込んでくる。それは彼女の細く脆い腰には似つかわしくない、大袈裟なものだ。二重三重になった紙は、股間の曲線をなぞることなく、むやみにふくらんでいる。歩くことを忘れた二本の足が、空洞のガラス管のようにカなくのびている。わたしはさえの腰に手を掛ける。両面テープがざらついた音を残して剝れる。それと同時に濃密な臭気が立ち上がる。粘ついた空気が喉に絡み付く。わたしは汚物を吸い込んで重くなったおしめを丸め、専用のバケツに捨てる。濡れたタオルでまず顔を拭く。さえは目を細め唇を突き出す。それは表情と呼べるものではなく、ただの筋肉の変形に過ぎない。さえはもう、わたしに信号を送ることを忘れている。彼女は短い間にいろいろなものを忘れていった。例えば時間、名前、食欲、苦しみ、発語。その間に肉体は萎え、胎児のように縮んでゆく。彼女はどこかへ戻ろうとしている。羊水の感触のように、思い描くことのできない確かな記憶。海のように重い時の一掬いが自分を包んでいた記憶。そんな記憶の中に、彼女は足を踏み入れようとしている。そして不必要なものを置き去りにしてゆく。例えば祈り、ことば、涙、わたし。

口のまわりの産毛に食べ滓の繊維が絡まっている。少し強くこすると、産毛がポロポロと落ちていく。筋の浮き出た首では、わたしの手の動きに合わせて皮膚が縒《よ》れる。タオルが乳房に触れると、わたしは無意識に力を弱めている。脂肪を失い、厚ぼったい皮膚のたるみになってしまった乳房が横たわっている。乳房の表面はタオルの水分を吸い取って、ほんのわずか潤んだ色をみせる。手を休めるとすぐにまた白っぽく乾いてゆく。静かに何回も何回も撫でてやる。

陰毛は平坦な腹の先にポソポソ残っている。その奥でかおりのないぱさついた性器が、息をひそめている。母性や性欲のシンボルを抱えていつもじめじめしていたはずの性器が、今では弾力のないゴムのように縮こまっている。さえがこれ程の衰えを見せる前、わたしとあたりまえの暮らしを繰り返していた頃、二人の生活の中に互いの性器を連想させるような事柄は何もなかった。父方の祖母であるさえに引き取られて初めてこの家に来た時、わたしはまだ人形のような少女だった。母親を飛び越してさえとつながってしまったわたしは、いつも恐る恐る彼女との距離を目で測っていた。やがてわたしの身体のいろいろな部分がグロテスクな変化を見せ始めた頃、わたしはそのことをさえに悟られるのがたまらなく怖かった。彼女は恥部を持たない女のように慎ましく思慮深く厳格だった。正座した彼女の太腿に沿って着物がピンと張りつめているのを見ると、わたしは自分の身体全体を重苦しい秘密のように抱え込んで、じっと息をこらえてしまうのだった。

　さえに新しい寝巻を着せ終えた時、玄関のカウベルが鳴った。彼女は目蓋《まぶた》を硬くして驚いた表情を見せたが、すぐにまたあやふやな目付きに戻った。返事をする間もなく廊下でスリッパの音がして、ミコトが障子を開けた。

「用意できた？」

　彼はベッドの手摺《てすり》に両肘をついて、さえの顔を覗きこみながら尋ねた。外の冷気を含んだ息が、淀んだ部屋の空気に溶けていった。

「うん。」

わたしは立ち上がって障子を開け放ち、廊下に出て庭に面したガラス戸も全部開けた。透き通った風が足元から滑り込んできた。薄い日の光が部屋中に散らばった。

「おばあさん、もう何もかも、見納めなのよ。」

わたしは廊下に立ったまま、独り言のように言った。さえの生活を詰め込んだ紙袋が二つ、部屋の隅でぼやけて影の固まりになっていた。息を吐くたびに、彼女の喉は笛のような音をたてた。視線は焦点を結ぶことなく弱々しく漂っていた。ミコトが髪を撫でつけてやると、彼女は小刻みに震えながら右腕を持ち上げた。寝巻の袂《たもと》が滑り落ちて、二の腕が露わになった。

「鼠が、ねえ、鼠がいますよ。」

彼女は唾を飲み込みながら、そう繰り返した。ミコトはわたしの方に顔を向けて小さく笑った。

「僕、鼠にされたみたいだな。」

「おばあさん、鼠が嫌いだったわ。」

わたしはミコトの隣に腰を下ろして、寝巻の乱れを直した。

「僕も嫌われてるってことかな。」

「おばあさんはミコトに初めて会った時からもうかなり惚けてたから。嫌いになることもできないくらいね。」

　わたしたちが恋人同士になって、オールナイトの映画館で缶ビールを飲んだり、手をつないで大学通りのスーパーマーケットを散歩したり、地下鉄の壁の落書きを批評し合ったりしている間、さえはもう彼女自身の現実に引き籠っていた。次第に奇怪になってゆく彼女の行動を、わたしたちは舞台の芝居を眺める時のように、胸を窄《すぼ》めて口をつぐんでじっと見ていた。手を伸ばせば触れることができる程確かな所にさえは居たのだけれど、わたしたちの唾も視線も汗も声も舞台には届かなかった。そして彼女は決して舞台衣装を脱ごうとしなかったのだ。

　最初の異常は突然やってきた。夕暮れ時、買物に出ていたさえが両腕に一杯コスモスを抱えて戻ってきた。茎の先には縺《もつ》れた根がついていた。三和土《たたき》は湿った土でざらついていた。彼女は根の先を引きずりながらコスモスを部屋に運び入れると、肩を大きく揺すってそれを一遍に放り投げた。コスモスは宙で一本一本に散らばり、ゆっくりと畳の上に落ちていった。葉の擦れ合う音が忍び笑いのように耳に残った。さえは土まみれの着物を気にする様子もなく、無言のまま坐り込んで根を千切り始めた。

「どうしたの。」

夕闇に沈んでしまう前の、色を失った半透明の光が彼女の背中を包んでいた。

「こんなに沢山、コスモス取ってきて……いったいどうしたの。」

彼女は茎と根の境目を両手で握りしめ、低い唸り声を絞り出しながら力を込めていた。上半身は痺れたように硬直し震えていた。彼女の力は茎の繊維の一本一本に鋭く吸い寄せられ、充分に蓄えられた後、ぶつんと弾けた。それと一緒に、小さな土の塊が飛び散った。

「買物籠と杖はどこに置いてきたの。」

わたしは次々に浮き上がってくる疑問をそのまま彼女の背中に吐き掛けた。彼女は首だけひねって、掬い上げるようにわたしを見た。出掛ける時に持っていたはずの買物籠も杖も淑《しと》やかさも清潔さも正常さも、見当たらなかった。

「どこに置いてきたの。」

わたしは両膝をついて彼女に顔を近づけた。視線はわたしをすり抜けて、過去の時間をなぞっているように見えた。土の粒子がわたしの膝に食い込んできた。行き着く所のない疑問形が二人の間で淀んでいた。彼女の指先は青臭い汁に染まっていた。答えを探していた表情が、次第に彼女自身の疑問を包み込みながら弛《ゆる》んでいった。長い溜息と一緒に彼女は立ち上がり、洗面所に入っていった。この事態をどう受け入れたらいいのか迷いながら、わたしは部屋中に散らばったコスモスを拾い集めた。そして、狂っているのはわたしの方かもしれないと言い聞かせた。コスモスを両腕に一杯引き抜いてきたことを、いったい誰が異常だと決定できるのだろう。わたしはさえの正常さを守るために、家中にそのコスモスを飾った。彼女はその日、床に入る前、

「今日は何か、いい香りがするねえ。」

と言ったきり、もうコスモスのことには触れなかった。後でミコトにこの話をした時、彼は、

「じゃあ、彼女は両手に宇宙を抱えて帰ってきたんだなあ。」

と言って笑っただけだった。

ミコトがわたしを促すように立ち上がった。

「さあ、早くしよう。遅くなるといけない。」

彼は膝の裏側と背中を両腕で支え、ふわっとさえを抱き上げた。寝巻を通して、骨の浮き出た硬い輪郭をなぞることができた。久し振りにベッドから出たさえは、一層小さくなっていた。わたしは、用意してあった二つの紙袋を持った。それは、彼女の衰弱した内臓のように軽かった。わたしたちは彼女を車の後部座席に寝かせ、渋滞の

ない、カーブの少ない道を選んで走った。

　三十分程して、わたしたちは道に迷っていることに気づいた。ミコトは車を歩道に寄せ、サイドブレーキを引いた。わたしはシートの下からロードマップを取り出して広げた。

「何ていう名前だっけ？　あの施設。」

　黄色い蛍光ペンで塗った道筋を指でなぞりながら彼が尋ねた。

「新天地。」

　わたしは地図に目を落としたまま答えた。

「いい名前だよ。彼女を引き取ってもらうのにはぴったりだよ。」

　彼は一人で納得したようにうなずいた。

「そう？　ちょっと大袈裟な感じもするけど。」

「それだけ彼女は大袈裟な所に居るのさ。もう僕たちには口出しできない。」

　さえのことを話題にする時、彼の口調はいつでも無感情で断定的だった。

「だから怖いのよ。自分と同じ日常を過ごしてた人が、ある日その場所から一歩ずつ脱出し始めるの。肉体だけがわたしの前に残ってるわ。」

彼女は慣れない所に寝かされたせいか、絶えず背中のあたりを気にしていた。毛布はだらしなくずり落ちていた。身体と布のこすれ合うぼやけた音が、車の中にこもっていた。わたしは息苦しさを感じて窓を少し開けた。

「今朝のトーストは焦げすぎたとか、お風呂場のタイルが一枚剝れたとか、そんな事柄を間にはさんで彼女と生活してたの。そしてお互いの正常さを無意識のうちに保証し合ってたんだと思うわ。いつだって第三者が自分の正常さを確かにしてくれるんだもの。彼女はわたしを引き取った時からずっとその第三者の役を果たしてくれてた。」

「でも、彼女は脱出し始めたんだ。もう手放さなきゃいけないんだよ。」

　ミコトはロードマップをたたみながら言った。

「彼女の異常さを認めるのは怖い事だわ。自分の正常さが揺らぐんだもの。」

わたしは、彼の横顔を見た。顎の曲線が濡れた果実のように見えた。

「それで奈々子は彼女を守るために、狂ってるのは自分の方かもしれないと思うようにしたんだろ？」

　彼の湿った顎を見るたびに、わたしは掌に吸いついてくるような感触を思い描くことができた。その感触は身体の中心を行き止まりまで降りていって、小さな疼《うずき》に変ることもあった。

「そう。袋小路なんだわ。」

「とにかく、彼女は『新天地』に行くのさ。」

　再び車は動き出した。わたしは彼の横顔から視線をそらし、掌を擦り合わせた。実際、掌の皮膚はなま温かく、乾燥していた。

　幾つかの風景を通り抜けた後、わたしたちは水の涸れかけた川に沿って走っていた。川原のあちこちに、セイタカアワダチソウのくすんだ黄色が群れていた。同じ角度を保って並んだ四角い集合住宅や、ゴルフ練習場の緑色のネットや、セメント色の平坦な自動車教習所を通り過ぎた頃、大きく左手に曲がった川に抱きかかえられるようにして建っている『新天地』が見えてきた。それは、円柱形の塔を中心にして左右対称に翼を広げた形の、大きな建物だった。その明瞭な輪郭は網膜にはりつき、いくら走っても近づいてこないような錯覚を呼び起こした。わたしは、誰の目にも確かに美しく映っていながら、決して近寄ることのできない幻の城があったという童話を思い出した。『新天地』が幻ならば余計に、さえの肉体を手放す場所としてふさわしいように思えた。

　翼の内側に広がる前庭のスロープをゆっくり上ってゆくと、白衣を着た何人かの職員が、正面玄関の花時計の周りに手持ち無沙汰で立っているのが見えてくる。フロントガラス越しにわたしたちと目が合うと、彼らは花時計をはさんで二列に並び、一斉にこちらに身体を向ける。車は彼らの間に滑り込んで止まった。看護師が三人と、そろいのサンダルを履いた男性が五人、それぞれに軽い微笑を浮かべてわたしたちを迎えている。わたしは予想外の丁寧な出迎えに戸惑ったが、ミコトは全く気に掛ける様子もなく、さっさと車を降りてしまった。わたしも後に続いた。

日はもうかなり高く、翼の前面を照らしている。壁の白さは日の光で密度を増し、水のように流れ出して職員たちの微笑を覆っている。一番の年長者らしい、背の高い痩せた男が近づいてきて、まずミコトと、次にわたしと握手した。彼の掌は、花時計の花粉を吸い取ったように粘ついていた。

「よくいらっしゃいました。私が園長です。」

そう言ってわずかに俯いた彼の横顔で白く濁った日光が弾け、表情を塗りつぶした。白い凹凸だけになった微笑が、仮面のように被さっていた。

「よろしく御願いします。」

ミコトの方はうまく彼らと対応し始めた。わたしは挨拶のことばで喉を詰まらせながら、ただ何度も頭を下げるだけだった。

何本もの白衣の腕が、車から抜き取るようにしてさえの身体を運び出し、移動用のベッドに寝かせた。

「今日はいいお天気で、よかったですねえ、おばあちゃん。」

中年の看護師が毛布を広げながら、柔らかい口調で話し掛けている。さえはその聞き慣れない声の方に顔を向けて、唇を突き出す癖を繰り返している。

「祖母はもう、会話はできないんです。それで……」

わたしが説明しかけると、それをさえぎるように、

「分っていますよ。」

と彼女は答えた。その言葉は微笑に包まれていたけれども、わたしの胸で重く淀んで、なかなか流れ去らなかった。彼女は、ことばを失った老人に普通に話し掛けてやるという行為の優しさに、満足している様子だった。肉親の肉体を放棄しようとしているわたしを、彼らは花時計の前でにこやかに迎え、傲慢な許可と寛容を見せつけているのかもしれない。そんな疑いをわたしはゆっくり飲み込んだ。

玄関を入ってすぐ右手は、吹き抜けのロビーになっている。レースのカーテンの精巧な模様をすり抜けた光が、ベージュのカーペットの上一面で弾けている。丸テーブル、布製のソファー、公衆電話、植木鉢、すべてのものがきちんと手入れされ、整頓されている。十人程の老人たちは皆ソファーには坐らず、足を崩して床に坐り込み、

互いの視線を避けるように黙り合っている。さえのベッドを見上げる者もいない。彼らもやはり、発語することから忘れていったのだろうか。沈黙を抱えたさえの身体は次第に空洞になり、今はミコトや『新天地』の視線を素通りさせている。

澄んだブザーの音と一緒に、エレベーターの扉がゆっくり開く。わたしたちはさえのベッドを取り囲むようにして乗る。

「動作の緩慢な老人のために、扉の開閉にはたっぷり時間をかけてあるんです。」

園長の声がエレベーターの摩擦音に紛れる。わたしは曖昧にうなずく。善意に満ちた『新天地』の白い箱が、わたしを閉じ込める。

さえに与えられた部屋で目につくものは、窓際の二つのベッドだけだった。もっとも彼女にはそれしか必要ないのだけれど。

「どちらのベッドがよろしいですか。」

中年の看護師がミコトとわたしを交互に見ながら尋ねる。どちらでも、と言いかけたわたしを遮って、

「空の沢山見える方に寝かせてやって下さい。」

とミコトが答える。彼女は明るい笑い声をあげながら、手際よくベッドを整え始める。シーツには程よく糊がきいていて、一本の皺もない。白衣の曲線の向こうで、窓

枠に切り取られた薄い空が滲《にじ》んでいる。色白の若い職員がおしめの入った段ボール箱をベッドの下に運び入れる。部屋の角で、三角形の洗面台が乾ききっている。

それぞれに頭を下げて看護師と職員たちが部屋を出ていった。園長が一人残って、折り畳み式の椅子を広げてわたしたちに勧めた。滑らかな床が短い音を立てた。

「一人で歩き回られるということはありませんか。」

園長の骨張った指先が、入園手続きの書類をもてあそんでいる。

「ええ、もう一人では何もしませんから。」

わたしは視線をさえに預けたまま答える。

「そうですか。ここには、まだ身体だけは元気な方がたくさんいらっしゃいますから。目が離せないのです。踊り場に布団を運んで寝てしまう人もいます。夜中に地震だと騒いで走り回る人もいます。」

さえもここで痴呆症の老人として正しい取り扱いを受けるのだろう。そして彼女の異常さも一つ一つ正確に、カルテに書き込まれてゆくのだろう。

「ですから、食事も自分からは食べようとしないんです。」

「すると、あなたが全部食べさせていらしたのですか。それは御苦労でした。」

彼の声は穏やかな波を保ったまま、部屋の四隅に溶け出してゆく。彼女が最後に自分で食べ物を口に入れたのは、もうかなり前のような気がする。夏の初め頃、大学から帰ったわたしは、玄関と縁側の窓が開けっ放しでテレビもついているのに、さえの姿が見えないことに気づいた。トイレの中から洗濯機の中まで覗いてみた。食卓の上に置かれた皿には、果物ナイフと桃の皮だけが残っていた。ナイフの刃は粘り気のある果汁でべとついていた。甘く重い匂いが胸に立ちこめた。テレビの無意味な会話が耳の奥に引っ掛かって、わたしを苛立たせた。気持ちを鎮めるために繰り返し彼女を呼んでみたが、声は行き場を見つけられないままわたしの身体の中で響いていた。わたしはミコトに電話し、さえを捜して欲しいと頼んだ。

夕暮れが庭の緑を塗りつぶし始めた頃、彼がさえを連れ戻してきた。彼女は片手にポップコーンの入った袋を提げ、草履を脱ぎながら快活に彼に話し掛けていた。

「この家には何にも食べる物がないんですよ。本当におなかが空きました。」

彼はわたしに目で合図してから、耳元でささやいた。

「ずっと、これしか言わないんだ。」

彼は彼女の相手役を辛抱強く演じてみせていた。

「それで、何処にいたの？」

わたしはどちらにともなく尋ねた。

「大学病院の待合室に、ニコニコして坐ってたのさ。」

彼が答えた。彼女はわたしたちのやり取りの間から滑り落ちていた。着物の胸元に、桃の果汁の染みが広がっていた。

それからさえはテレビの前に坐って、ポップコーンの袋を勢いよく開けた。ビニールのがさつく音と一緒に、中身が弾け散った。さえは畳の上の一粒をつまんで口に入れた。それが、自分から食べ物を口にした最後だった。

「食べるということも、忘れてしまったのですね。」

園長は立ち上がってベッドの脇からさえを見下ろした。ミコトは太腿に両肘を載せ、背中を丸めていた。

「私たちが精一杯の御世話をいたします。」

園長は腰の前で二つの掌を柔らかく合わせていた。それは祈りの形に似ていた。わたしはふと、彼を掬い上げたら天使のように軽いかもしれないと思った。

ミコトと別れ、玄関の扉を開けた時、家の中は夕日の濁った赤色に染まっていた。さえは居ない、さえは居ない。そう繰り返しながら、わたしは居間の真ん中に足を崩して坐り込んだ。今はただの木の枠でしかないさえのベッドが、壁に寄り添って息を潜めている。何かの拍子に落ちたりしないようにと、ミコトが側面に角材でつけ足した部分のペンキだけが、生々しく滑らかに光っている。シーツには、さえの身体の皺をなぞったような乱れが残っている。その皺の間にまだ体温が含まれているような気がして、手をのばしてみる。冷やかな感触が嘗めるように背筋を伝わった時、わたしは、さえは居ないという繰り返しが、いつの間にかさえはどこに居るんだろうという疑問にすりかわっていることに気づいた。その疑問は、唇を緩めるとすぐに声になって流れ出しそうな程、鮮明に喉の奥から浮き上がってきた。『新天地』じゃないか。わたしは疑問を押し止めるように、呟いた。何故かそれはミコトの口調に似ていた。さえは痴呆症の老人として『新天地』に入園し、わたしは正常者としてここに残されたのだ。

　次第に、粒子の粗い夕闇が日光のぬくもりを吸い取り始めていた。この時刻にはいつも、目蓋を閉じているのかいないのかわからなくなる一瞬がある。わたしは部屋にあるすべての物の影を目で追いながら、自分の正常さを数え上げていた。蛍光灯、冷蔵庫、蛇口、三面鏡、乳房、眠り、ミコト、血液。数えている途中で、さっきのは目蓋の裏に映った錯覚かもしれないという疑いが抑え切れなくなって、また最初から順番に追い始める。蛍光灯、冷蔵庫、蛇口、三面鏡、ハンガー、バターケース、ラジオ。

するとまた、さっきのは現実じゃないという不安がわたしを引き止める。そして最初からやり直さないではいられなくなる。乳房、眠り、ミコト、血液、欲、唾液、呼吸。何度中断しても、わたしは自分の正常さを正確に淀みなく数え上げることができた。闇は静かにその濃さを増して、影の輪郭さえも覆い隠そうとしていた。電車の揺れる音、子供の叫ぶ声、タイヤが砂利を噛む音、サイレンの単調な響き、すべての音が絡み合って闇の中に沈澱している。スカートの中で静電気を起こしたストッキングが、太腿をチクチク刺している。蛍光灯も冷蔵庫も、既に闇に溶け込んでいる。さっきまで見えていたはずの現実が、全部目蓋の後ろ側に裏返っている。じゃあやっぱり、本当に錯覚だったのかもしれない。わたしは慌てて続けざまに瞬きをする。すると余計に闇は濃くなって、目蓋の裏側がわたしに迫ってくる。頭の奥が眩暈のように揺れる。そしてわたしの正常さも、輪郭を失って頼りなく流れ出してゆく。

わたしは痺れて硬くなった右足をゆっくりのばして立ち上がった。わたしの周りだけで微かに空気が動いた。抱え込んでいた体温が一度に逃げていった。指先を壁に這わせてスイッチを入れた。勢いのある光が部屋中に満ちる。目蓋が痛みに似た眩しさのせいで強張る。部屋が、新しい色を持った風景に変る。

わたしは鉛のような空腹を感じ始める。ミコトと一緒にいる時、いつでも空腹を忘れてしまう。彼は絶対に自分から食べることを提案しない。以前、空腹を快感にかえて更にそれをエネルギーにするんだ、と言っていた。わたしの重い空腹は身体の内側に張り付いている。潤いのない胃液が内臓の壁を引っかいている。わたしは台所に入る。食べ物のエキスが染みて、うっすら変色してしまった食器。においを吸い込んでべとついている調味料入れ。皮の縮れたじゃがいも、胸やけが固まりになったような砂糖。重い空腹を溶かしてくれるような物は何もない。流しの三角コーナーには、食べ物から汚物に変化しはじめた残飯が積っている。ゲル状の悪臭がビニール袋の底に溜っている。わたしはそこから視線を外す。けれど自分の内臓は、あれよりももっと醜いものを溜めこんでいるはずなのだ。放っておけば必ず汚物になってしまうものを食べて、暮らしているのだから。そしてさえは、最後にポップコーンを一粒口に入れてから、食べることを拒否し続けている。食べることを忘れたのではない。内臓に汚物の悪臭が立ちこめるのを、恐れているだけなのだ。それなのに何故、さえが異常で食欲が正常なのか、わたしは分らなくなり始めている。わたしは台所を出た。空腹はいつのまにか、吐き気に変っていた。

　奥の三畳の間につながる襖《ふすま》が少し開いていて、その間から居間の光が漏れてゆくのが見える。さえはそこに神棚をしつらえていて、毎日何度も祈りのことばを唱えていた。彼女が一番最後まで忘れなかったのは、この祈りだったかもしれない。少女の頃一度、ここに居るのはどんな神様かと尋ねたことがあった。——この神様はわたしたちの親みたいな方で、決して雲の上の全知全能な方とは違うのです。親神様だから、いつでも氏子のことを心配している。何であの氏子はいつも不満なんだろう。何で自分の幸運に気づかないんだろう。そう言って胸を痛めている。つまり神様自身、救われてないのです。わたしたち氏子は神様を救うために、信心の稽古をするんです。わたしたちが救われるということは、神様も救われるということだから——

無口になり、着替えやトイレや食事が一人でできなくなってから余計に、さえはあそこに坐る時間が多くなった。正座した両膝を抱き込むようにして祈りながら、そのまま眠っていたこともあった。襖の隙間から丁度覗くあたり。さえが、坐っていた場所。差し込む光が彼女の影を柔らかくしている。薄い鋼《はがね》のようにぴんと張り詰めた着物が、腰から下の曲線を覆っている。糸のような祈りの声が、わたしをぐるぐる巻きにしている。丸まった背中がわたしを拒否する。さえはいつでもわたしの中に、わたしの母親を見ていたから。彼女を憎んでいたから。母親は、父さんの脳に腫瘍ができた時、父さん以外の人の子を身籠っていたから。さえは、わたしの向こう側で膨らんでゆく憎しみから、自分を救うために祈っている。もしその憎しみがわたしを飲み込んだら、彼女の合わせた掌の中に罪がはさまってしまうから。厳格な祈りの形が、わたしを遮っている。神酒《みき》の表面が震える。木の実が弾けるように、子供のわたしが目を覚ます。襖の隙間から傾いた背中が見える。そこに早朝の曇った光がまつわりついている。わたしは、さっきまで眠っていたことを忘れてしまう。枕に顔を押しつけ、息をつめて彼女を見る。小さな祈りの文字が、機械音のような響きを残して流れ出す。カチ、カチ、カチ。太腿をぴったり合わせて肩をすぼめる。息苦しい驚きが込み上げてくる。あそこに居るのは、さえなんだろうか。密着した太腿のぬくもりが、次第に下腹部に吸い寄せられ、こぶし程の塊になってゆく。それは鈍い重苦しさを押しつけてくる。布団を顎まで引き寄せ、昆虫のように身体を曲げる。布団の擦れ合う微かな音が、祈りの声の震動に乗って何倍にも膨れ上がってゆくような気がして、更に身体を硬くする。下腹部の筋肉は尿意に満ちている。けれど、もし彼女がわたしに気付いて振り向いた時、その顔がさえでなかったらと思うと、わたしはどうすることもできない。どんどん重さを増してくる尿意を、きつくきつく締めつけることしかできない。

どれくらいの時間が過ぎたのだろう。目を開けたまま眠りに落ちていたような錯覚が、わたしを揺り起こした。食卓にはいつもの朝食が並んでいた。彼女はいつもの仕草で、紅茶を飲んでいた。それが、二人の生活があのような祈りから始まっていることを知った最初だった。

　窓ガラスが鳴る。ことばを持たない、動かない人間が一人居なくなっただけなのに、沈黙に閉じ込められた、この空気の希薄さは何故だろう。さえの居た場所は厚紙のように切り取られて、その跡が空洞のまま残っている。襖の隙間から覗く祈りの姿が、何枚も何枚も剝れてゆく。さえの形はどれもぴったり重なり合うけれど、わたしは一枚ごとに違っている。赤い吊りスカートのわたし。Ｔシャツに細い胸を浮き出させているわたし。体温と一緒に血液を吐き出しているわたし。

　髪の毛が揺れる。ミコトの息がかかる。横坐りした上半身を、右手で支えているわたしが居る。ミコトの指が、わたしの縮れた髪を梳く。肩先で軋んだような音がする。湿った息が頰を温める。右腕に電流のような彼の重みが流れ込んでくる。あともう少し、もう少しでわたしは崩れてしまう。そんな痺れた感覚がずっと続いている。いつ、わたしは自分を支えられなくなるんだろう。そう思いながら、早くミコトがわたしの力を払いのけてくれないかと待っている。三畳の間でさえが小さな咳をする。それが合図であったかのように、天井が揺れて、分厚い胸が呼吸を塞ぐ。畳の冷えた感触が、セーターの編目を通り抜けて背中に広がる。

「でも、あの人が……」

わたしは襖の隙間に視線を向ける。さえは腰を深く折り曲げ、膝の前で掌を合わせて、その上に額を押しつけている。祈りと眠りの間を漂っている。

「彼女は、僕たちと同じ場所には居ない人だ。」

ミコトはそう言って、片足をのばして器用に襖を閉める。居ない人、居ない人。わたしの呟きを、彼の舌が嘗める。

「彼女とわたしたちと、どっちが本当の現実なの？」

他人の舌はいつでもバターのようにしなやかだ。

「それは誰にも決められない。」

彼の声が鼻孔にバターの香りを運ぶ。

「そう、そうだったんだわ。」

腰のあたりで彼の手首が翻る。そこを境にしてわたしの皮膚はめくれ上がる。鳥の羽のようにざらついた内臓までが、露わになる。わたしは身をよじって自分の内部を見ようとする。けれどそこには、見慣れた不透明な膚が広がっているだけだ。さえがまたこもった咳をする。喉に残った振動が、そのまま祈りの呟きに続いてゆく。彼の重みが薄い膜になってわたしを包んでいる。二人のあちこちが擦れ合って小さな熱を持ち、斑点のように染み込んでくる。角ばった爪が乳房にのめり込む。熱の斑点が大きく回転して、身体の中心に血液を集める。わたしはミコトの肋骨の間に舌を差し込む。植物のような渋い味がする。彼の濡れた顎が見える。その吸い付くような感触は唾液と一緒に喉を降り、肺を嘗め、子宮の奥で行き止まる。何回も何回もその感触は降りてきて、濃縮され、反対に子宮を突き上げるような疼に変る。腰骨がぶつかってくすんだ音がする。彼の粘膜が、わたしの中で丁寧に体温を吸い取ってゆく。襖の向こう側に飛び散ってしまいそうな神経を、懸命に自分の内側に向ける。神前でうずくまっているさえが、不意に起き上がってくるような気がしてならない。

「大丈夫だよ。」

彼の唇が動く。わたしは目をつぶりながらうなずく。閉じた網膜にさえが映る。彼女が振り向く。わたしは目蓋に力を込める。さっと光に色がつく。彼は繰り返し繰り返し、わたしを輪切りにする。

また一枚、さえの形が剥れた。目に刺さるような深い空洞が残っている。子供の笑い声に似た軽薄な朝の光が、早くこの空洞を塗りつぶしてくれないだろうか。わたしはベッドの中のシーツや枕カバーをくるくると丸めて洗濯機の中に入れ、マットと布団を畳んで押入にしまった。むき出しになったベッドの底には、瘡蓋《かさぶた》状のさえの汗が散らばっていた。彼女はここに納まっている間、どれ程多量の体液を排泄しただろう。

いくら根気よく処理しても、彼女はそれ以上のものを内蔵していた。その破片がまだ残っているのだ。わたしは掃除機を取り出してスイッチを入れた。耳障りなエンジン音が沈黙を裂いた。何回擦りつけても、ベニヤ板の木目にはりついた彼女の排泄物は吸い取れないような気がした。わたしは目を凝らして、不快な音を鳴らし続けていた。

眠りから抜け出して、最初に浮かび上がってくる部屋の風景の中には、いつもカレンダーがあった。――『新天地』に行ってから五日め――そしてわたしは素早くその数字を読み取ることができた。次第にこの家から、さえの残していった色や香りやものが消え始めていた。父が死んだ日、手をつなごうとするさえを拒み、ぬいぐるみの耳をかじりながらそろそろと玄関を入った日から、ずっと二人で暮らしてきたこの家が、たった五日で変ろうとしている。わたし一人、この家に塗り込まれたまま身動きできないでいる。

目覚まし時計に手をのばす。明日の朝は好きなだけ眠っていればいいと言い聞かせてから眠っても、わたしは毎日同じ時刻に目を覚ましてしまう。その同じ手をもう少しだけ持ち上げてカーテンを開ける。所々引っ掛かりながら、弱々しくレールが鳴る。開けた幅だけカーテンの濃い色合いが抜けて、無色の光が差し込む。窓枠に縁どられた小さな公園が、斜めに覗く。錆びたベンチの足元に、丸まった新聞紙が転がっている。公園の入口には、昨夜のうちに出されたビニール袋のゴミの山が眠っている。

透明な冷気が首筋を伝う。わたしは首をすくめる。身体の内側は皮膚の感覚と切り離され、一晩のうちに溜った体液で生温くなっている。そのぬくもりを逃さないように、もっと深く布団に潜る。ふと、さっきまで夢を見ていたことに気付く。痩せて髪の長い女の人が、赤ん坊を抱いて立っている。水色のベビー服を着た赤ん坊は、目を丸く見開き、何かとてもおもしろい物を見つけたように、わたしを見て笑った。赤ん坊は、わたしと同じ縮れ毛だった。女の顔には乳白色の靄《もや》がかかっていた。わたしは知っていた。彼女が母親であることを。そして、見てはいけない顔であることを。厚ぼったいスカートの裾からのびている、枝のような二本の足だけが、目の隅にくっきり映っていた。赤ん坊は声を立てずに笑い続けた。両手足がパタパタと不規則に動くたびに、タオル地のベビー服が柔らかく伸び縮みしていた。どうしてわたしはこんなに正面から、彼を見ることができるのだろう。確かわたしは、彼を見たことがないはずだった。彼を。そう、弟を。父親の違う弟。けれどわたしたちは、同じあの人の子宮で、同じ羊水に浮かんでいたのだから、きっと同じ記憶——決して思い出すことのできない記憶だけれど——を持っているはずなのだ。赤ん坊があの人の腕から離れて、綿菓子のように浮き上がる。あの人だけが表情を靄で隠したまま、まっすぐ後ずさりしてゆく。二本の足は少しずつ細くなり、最後には糸になって消えた。赤ん坊は爪先が頭に触れる程身体を丸くして、背中で半円形を描きながら揺れている。それを目で追っていると、眉の後ろ側でしこりができたような頭痛がする。彼は揺れ続ける。重い流れが彼を抱いている。わたしの頭痛は高まる。水色のベビー服が溶け出し、流れを微かに染める。頭痛は頂点に達し、吐き気に変って胃にどっと流れ込む。わたしはたまらず彼に両手をのばす。重い流れが手の甲を押す。温かい。この温かさは、わたしの血液と同じだ。彼の膚は果肉のように湿っている。ここは子宮の海だ。彼はわたしの両腕の中に入り込み、音もなく萎んでゆく。食道の奥に、何かどろどろした物を飲み込んだ時のような感触が残っていた。――あなたはわたしの弟なの？――そう尋ねようとした時、夢は裂けた。

あれが本当に弟ならいいのだけれど、とわたしは思う。再びカレンダーに目をやる。さえが居なくなってから五日目。いや違う。他に数えなければいけない日々があるじゃないか、とわたしは自分を促す。他に数えなければいけない日々？　もう一人のわたしはとぼけたふりをする。そんなのあるはずがない。わたしは無理矢理カレンダーから目をそらし、自分のぬくもりに浸る。わたしはあの赤ん坊を飲み込んでしまったのだろうか。その感触は確かに残っている。このあたり。喉のつけ根を押さえる。するとその感触は、指の下をアメーバのようにすり抜けて、胸に広がる。ここにも。今度は乳房の間を押さえる。するとまたそれは肋骨に絡みつきながら下に降りてゆく。今度はここ。下腹の白い脂肪、やはりここで行き止まってしまう。すべての感覚はここへ帰ってくるのだ。パジャマの下に手を入れ、その脂肪に指を突き立ててみる。内臓の壁が半回転する。自分の力とは思えない程の重い力が、指を押し返してくる。ここに噛みついたとしても、きっと引きちぎってしまうことはできないだろう。そして、スポンジを噛んだ時のような味気なさが舌に広がるだろう。更に強く指をのめり込ませてみる。感覚の壁が、つかめそうな程くっきり浮かび上がる。無意識のうちにどんどん力がこもってくる。わたしははっとして腕を引く。いけない。もしここに、わたし以外の意思を持った、脆く柔らかい命の粒が隠れているのならば……。その仮定形は、もう誤魔化しきれなくなっていた。

布団を出て立ち上がった。身体の力が抜けて、寒気が走った。わたしは構わずにパジャマを脱ぎ始めた。いつの間にか窓の下のベンチに浮浪者が坐っている。さっきの新聞を、皺をのばしながら読んでいる。勢いよくカーテンを閉める。カーテンの濃い色が部屋中に淀んで、また夜のようなあやふやさが戻ってくる。パジャマは容易に滑り落ちてゆく。姿見がわたしの全身を映す。

自分の目の高さから見下ろす時と、鏡で水平に眺める時では、どうしてこんなにも印象が違うのだろう。目で直接捕えているイメージに比べて、ここに映っているわたしはもっと貧弱で矮小で骨っぽい。あれ程の厚みをもってわたしを押し返してきた下腹部の脂肪も、立ち上がって見ると腰骨に引っ張られて弾力を失っている。さえに比べれば、わたしの乳房はまだ生々しさを蓄えているが、それは粘っこい臭みを持った若さに過ぎない。こうして見る限り、どこにも変った所はない。当たり前じゃないか。わたしは自分の単純さを笑う。一番鋭く感じ取れる部分は、同時に絶対見ることのできない部分でもあるのだ。潤んで充血した肉片に囲まれているであろうその部分に、視線を突き刺して見たい。いつまでもあんな仮定形に怯えていなければならないなんて、たまらない。わたしは一つ大きく息を吐いて坐り込んだ。

その時、電話が鳴った。ベッドの下に畳んで置いてあったシャツだけを引っかけて、階段を降りる。黒光りしている板が素足に吸いついている。わたしの目覚める時間を知っていて、こうして電話を鳴らしているのは、ミコト以外にいないだろう。そうわかっているから、余計にゆっくりと受話器を取る。

「やあ、どう？　一人の生活は。」

「うん。簡単に一言で説明はできないわ。」

「ふさぎ込んでるんじゃないかと思って、心配してたんだ。」

「そういうことはないの。ただ、こんなふうに一人でいることに、まだ慣れてないだけなの。」

「そうだね。慣れることが大切さ。いろんなことに、順番に慣れていけばいい。彼女がいないことに慣れて、一人でいることに慣れて、『新天地』に慣れて……。」

「うん。ありがとう。」

わたしは、何に対してありがとうと言っているのか、よくわからないままそう言った。

「今日、これから街歩きしないか?」

二人で会うことを、わたしたちは街歩きと呼んでいた。実際、ミコトは街が大好きだったし、二人はいつでも街を歩くことで多くの時間を過ごしていた。

「もちろんO・Kよ。」

「じゃあ、いつもの地下鉄の駅で。」

わたしは、ツーツー音が聞こえないように、先に受話器を置いた。前以上の静けさが、戻ってきた。

　地下鉄から吹く風は、なま温かくて渦を巻いていて、微かに潤滑油のにおいがする。この階段を上り下りする足の波は、跡切れることがない。そしてそのどの足も、直線には進めない。互いに避け合いながら、隙間を縫って蛇行する。誰もわたしを見ない。誰もわたしの中に入ってこない。わたしの中には、こんなにも緻密でしなやかでみずみずしい海があるというのに。彼らの前で、わたしは一本の曲線になってしまう。ずっと曲線のままでいたい。輪郭だけの自分になりたい。自分の内部を残らず放棄してしまいたい。息苦しいような願いがこみ上げてくる。一つの風の塊が舞いあがり、スカートが翻る。わたしもさえもあの人も持っていない、たっぷりと熟れたふくらはぎが覗く。わたしと同じような若い女。硬いヒールがアスファルトを叩く。車のクラクションや店から漏れるＢ・Ｇ・Ｍや重なり合った人の声に飲み込まれて、聞こえないはずの踵の音が、視覚を揺らして響き始める。若い女の踵はどれも、血管が通っていないような白さで、区別がつかない。乾いた足音は少しずつ鮮明になってゆく。わたしはどんどん内側に引きずり込まれる。五感の先端から陥没してゆく。あのふくよかなふくらはぎを持った彼女を追いかけていって——あなた妊娠したことありますか。——と尋ねたら、どうなるんだろう。小学生の頃、忘れ物をして、周りに同じ物を忘れた子がいないか捜したように。

　昼間の街は何もかも明るい。笑っているような明るさなのだ。ネオンのガラス玉も自転車のサドルも水飲み場の蛇口も。けれどそれは決して朗らかな笑いじゃない。抑揚のないざわついた意地の悪い笑い。背広姿の男がわたしの肩にぶつかる。身体の半分が不自然にねじれる。ミコトがいれば、男に向かってチェッと舌打ちしてから、肩を引き寄せてくれるだろうと思う。ミコトはまだ来ない。ビルの壁に埋め込まれたデジタル時計の数字が、ピッと変る。連なった車はどれも甲虫のようにアスファルトを這っている。視界の中で動いているものは全部、同じ速度じゃないんだろうかという気がする。漫画入りの鉛筆をくるくる回して見ているような感じ。街は激しく動いているようで、実は大して変っていないのかもしれない。

　中学生の女の子が三人、アイスクリームを嘗めている。砂糖の詰まった脂を舌で掬っている。彼女たちは制服の下に、甘ったるい脂肪を蓄えているのだろうか。一人の子が、右手にアイスクリームを持ったまま、もう片方の手で財布を鞄にしまおうとしている。右手が傾いて、コーンに載っていたクリームがぽちゃっと落ちる。彼女たちは一斉に笑い出す。紺色の制服が弾む。その子は他の二人に促されてティッシュを取り出し、白い花のようにアスファルトに吸い付いたクリームを拭き取った。彼女たちはいつまでも、込み上げてくる笑いを抑えきれないでいた。

そろいのスカートの襞《ひだ》と薄い鞄と革靴が、ゆっくりと人波に飲まれてゆく。笑われているのはわたしなのだ。彼女だけの現実に閉じこもってしまったささえを、『新天地』に送ったのと入れ違いに、今度はわたしの内側に、別の現実が育とうとしている。意思の届かない場所で、わたし以外のエネルギーが精巧に規則正しく増長している。おかしい程に、どうしようもない。けれどその一方で、身体の変化を確信している自分に驚いている。幻覚かもしれないじゃないか。幻覚かもしれないじゃないか。わたしは繰り返し、そう呟いてみる。

人に酔うというのは、こんな感じなのだろうか。人々の運ぶ口臭が混じり合って重くなって、肺の高さで漂っている。約束の時間が来る。無意味な表情の中に、たった一つの特別な表情を捜す。目線が不安定に震える。視界が人で埋まる。わたしはすぐに疲れてしまう。この疲れが吐き気を呼び起こしてはいけない、と思い軽く目を閉じる。けれど視覚が遮られた分、他の感覚が緊張を高めて、人の気配をくまなく捕えてしまう。わたしの人酔いは飽和状態になる。たまらずに目を開けると、ミコトが階段を駆け上がってくるのが見える。

「やあ、待った？」

わたしはやっと自分自身から解放されたような安堵感を覚えて、首を横に振る。彼の腕に背中を押されて、わたしは歩き始める。

「心配してたんだ、本当に。」

彼の太い顎は今日も濡れている。

「何故？」

「彼女を『新天地』に預けたことをさ、奈々子が後悔してるんじゃないかと思ってさ。君、最後まで渋ってたから。」

二人で歩き始めると、さっきまで胸苦しい気配を発していた人の波が、淡くぼやけてゆく。

「大丈夫よ。わたしにできる事は全部やったもの。」

ミコトのいつもの黒いブーツを見ながら答える。

「奈々子は簡単に罪の意識を被っちゃう子だからね。」

彼は背中に回した腕に力をこめる。さえが残していった空洞に対する思いは、後悔や罪とは違う種類のものだけれども、それらと同じくらいの重みを持っているように思える。痴呆症の彼女が抜けた後に残った、わたし一人の現実が、本当に正常なものなんだろうかという疑い。わたしの方が、異常者としてあの家に閉じ込められたんじゃないかという不安。ましてわたし以外の生命が、わたしに一番近い所で脈打っているかもしれないのだ。これらの事を、ミコトにどう説明したらいいのか、よくわからなかった。

「でも、彼女はどこへ行ったんだろうって、本気で考えてしまうことがあるわ。『新天地』じゃないかって言い聞かせても、またしばらくすると同じことを考えているの。」

　ブティックから歩道にあふれたワゴンやハンガーを避けようとして、二人の歩くリズムは時々乱れた。

「切り抜かれたのは彼女の方なんだけど、じゃあ切り残しの部分、つまりわたしの居る場所が本当に正常な現実なのかっていうと、自信がない。だから同じ独り言を飽きもせずに繰り返しているのよ。」

　彼はうなずく。額にかかった髪の毛の縺れを、目でほどくようにしてなぞる。厚みのある指先がジャケットのボタンを一つはずす。二人の衣服が時々微かに触れ合う。そのたびにわたしは、彼の硬く張りつめた太腿や薄い貝のような爪や幹のように強固な二の腕を思い起こしていた。彼の小さな一つ一つの部分には、表情があった。

「それはたぶん奈々子が……」

彼は少し考えてから続けた。

「僕もそうなんだけど、モラトリアムの状態に居るからだと思うんだ。自分の身分を決定するのを、先に延ばしてる。だから今の自分に確信が持てないのさ。でもその不安定さっていうのは、充分心地いいものでもあるんだけど。」

映画館の、上映時刻を知らせる単調なサイレンが、二人の間を通り抜ける。彼のことばの方向に、耳を傾ける。映画を観終わった観客たちが、無口に地下からわき出てくる。彼らは皆、日の光から疲労した目を守るようにうつむいて、人の波に加わってゆく。

「モラトリアムの状態に関しては、わたしも満足しているの。」

確かにそうだ。彼は今詩を書きながら暮らしているけれど、働いてお金を得るのは、生活のためというよりも、わたしにとっておきのバースデー・プレゼントを贈るためだったりするのだ。

「それに……」

彼はいつでも考えながら話す。

「本当の現実なんて、いったいどこにあるんだろう。奈々子の言う通り、僕たちは自分たちが本当だと信じてる時間や感覚や観念から彼女を切り抜いて、『新天地』に隔離したんだ。そして僕たちが信じてるものだって、もしかしたらもっと大きな幻想に包まれてるのかもしれない。前に彼女がコスモスを山程引き抜いてきて部屋中にばらまいた時、奈々子は彼女の異常さを認めるのが怖くて、狂ってるのは自分の方かもしれないと思ってしまったんだろ？　正常と異常、真実と幻想の境界線なんて、こんなふうにあやふやで、誰にも決定できないものなんじゃないかなあ。」

　ハンバーガーショップから、トマトケチャップと焦げた肉と清涼飲料水のにおいが混ざって漂ってくる。歩道に面したカウンターに肘をつけて、二組の男女がハンバーガーを食べている。四人が順番に、パンを少しずらして、黄色いチューブからマスタードを絞り出している。誰かの捨てた紙コップが、ミコトの足元に転がってくる。黒いブーツはそれを踏みつぶさないように、弾き飛ばす。『高品質、低価格宣言』という赤い垂れ幕が、デパートの壁で波うつ。

「そうね。そう思う。」

　歩道橋の下に布を敷いて、安物のアクセサリーを売っている外国人が、大きな欠伸をする。

　ミコトとこうして歩いていることも、大きな幻想かもしれないのだ。彼がわたしの向こう側に発語する。わたしは、その発語と沈黙の境めを探ろうとする。そしてどちらかが真実を口にしようとすると、二人は凍りついたようにことばを見失ってしまう。例えば木枯らしの中を歩き疲れてやっと一杯のコーヒーにありついた時、きっと二人は安心して微笑み合うだろう。それからわたしは、あるいは彼は、その安堵の後ろ側にある淋しさやみじめさや情けなさを見てしまうだろう。そんなもの、ないかもしれないのに。そして相手のことを気にかけるのだ。あなたにもこの淋しさやみじめさや情けなさが見えているのだろうか、と。

わたしの内側で音もなく膨らんでいる、別の体温を蓄えた世界も、本当の現実ではないかもしれないのだ。『新天地』に居るさえが正気で、ここに居るわたしが狂気をはらんでいるかもしれないのと同じように。濃厚な血液を滴らせているその生物のエキスが呼吸しているのは、わたし自身に一番密着している場所でありながら、一番深い部分でもある。身体の中心に錐《きり》を突き立てて、どんどん掘り下げていって、痛みさえ届かなくなる遠い部分だ。

「身分の決定をしていない僕らは、エアポケットに落ちたみたいに、ふっと本当のことがわからなくなる時があるよ。」

ミコトが喋る時、わたしは舌が唾液を弾く音までも聞き取ってしまう。その心地よいリズムをまねるように、少し早口で尋ねる。

「ミコトがそんなふうに感じるのは、どんな時なの？」

「前にこんなことがあったんだ。ロッキングチェアーに坐って詩を書いてたら、何かのはずみで転がり落ちて頭を灰皿にぶつけたんだ。ビリビリ電気の走ってる頭をこすりながら、揺れの残ってるロッキングチェアーを見たら、ちゃんと僕が足を組んで膝にノートを立て掛けて詩を書いてる。何だ、僕がこんな坐るための椅子から転げ落ちるはずないじゃないかって笑いながら、そのちゃんと坐ってる〝僕〟の形に自分をはめ込んだんだ。」

「ジグソーパズルみたいに？」

「そう。」

彼は軽くうなずいた。

「でもそれは、自分の失敗を誤魔化したかっただけじゃないの？」

わたしは彼の横顔に視線を近づけながら言った。

「それはそれでいいんじゃないかと思うよ。どっちの〝僕〟を信じようと、僕の自由なんだから。」

彼は少し微笑みながら答えた。

靴下を裏返すように、錐の穴の先から自分自身の内側をひっくり返したい。すべての筋肉管の襞を一つ一つ空気に晒《さら》したい。そうすれば、ミコトがロッキングチェアーの上から、灰皿と一緒に転がっている自分を見たように、重い海に浮かんだ胎児の鼓動を眺めることができるだろう。ハンバーガーを食べる時のように片肘をついて、顎を掌で包んで、少女の頃の丸い目を持って眺めることができるだろう。

　二人は気まぐれにビルとビルの隙間に寄り道する。街の裏通りはいつでも濡れている。レストランの調理場から浸み出してくる水は、魚の鱗やキャベツの芯を含んでいる。小さなペットショップの入口には、猫が爪で引搔いた新聞紙の切れ端が散らばっている。モーターバイクのバックミラーにミコトが映る。彼は丸型の黒縁眼鏡を外してポケットに仕舞う。

「目が疲れたの？」

「いや。違うよ。」

　小さな一言から離れられないこともある。彼のことばを吸い取るように、じっと耳を澄ます。息を吐くたびに、わたしの沈黙が胸を下りてゆく。何か彼の心を舞い上がらせることばを見つけなければ。彼はわたしを見ていない。バックミラーに、別の彼が映っている。わたしは下腹部に力をこめて、沈黙に抵抗する。わたしの内側が、ヌルヌルした感触と一緒に一旦収縮して、その後ゆっくりと反り返る。——何故？——ミラーの中のミコトに目で尋ねる。彼は、一人で電柱にもたれている三歳くらいの男の子に近づいてゆく。二人の間が少し開く。粘膜の襞が引き伸ばされて、わたしの内側は滑らかになる。彼は両膝に手をついて上半身を折り曲げ、男の子を覗きこむ。

「迷子？」

男の子ははにかんでうつむく。どこからか冷えた空気が入り込み、粘膜は急速に乾燥してゆく。それと同時に、内側に集まっていた感覚が遠のく。彼はポケットから眼鏡を取り出して、その子にかけようとする。明らかに大きすぎる眼鏡は、何とか唇のあたりで引っ掛かる。その子は驚いて身を硬くする。それが余計にかわいくて、ミコトは声を立てて笑う。襞の間に溜っていた体液の滓が、干からびてポロポロと落ちてゆく。羊水に重く響いていたはずの、わたし以外の鼓動も、ブリキをへこませるような乾いた音に変ってゆく。わたしの内側は水分と厚みを失い、次第にわたしから剝れてゆく。

「お母さんは？」

子供はあやふやな方向を指差す。眼鏡がずり落ちる。ミコトはそれをさっと掬い上げて、またポケットに仕舞う。わたしは裏返しになっている。内側がなくなっている。

わたし自身とあの内側と、どちらが本当の現実なんだろう。――どっちの〝僕〟を信じようと、僕の自由なんだ。――彼のことばを繰り返してみる。あなたはどこまで成長するつもりなの？　今はまだ毛虫のように丸まっているけれど、その頑丈な肉片の中にはどれ程の意思が煮詰まっているの？　ジャムのような体液は甘いのですか。ジーパンにサンダル履きの若い女が、背中からミコトに近づく。その子の両脇に手をあてがい、強く引っ張り上げると、そのまま急ぎ足で去ってゆく。ミコトは上半身を起こす。わたしの一部分に、わたし以外の誰かの時間や発語や食欲や溜息が煮詰まっているなんて、とても信じられない。あなたは、本当の現実じゃないのですね。今までだってわたしは、いろいろな本当の現実を絵本のような記憶の中に塗り込めていったのだから。ボストンバッグを提げて勝手口から出ていった母親の後ろ姿も、父親の顔にさえが被せた布の白さも、ポプラの種が舞う下で上級生に手紙を渡された時の決まり悪さも、ミコトが初めてことばをくれた時の胸苦しさも。それらは全部、生まれる前から抱えていた記憶のように、ぼんやりと重なり合っている。あなたがわたしに押しつけてくる異質な体温や小刻みに逆流する血液も、こんな記憶の一片になるのですね。

「彼女、僕のこと怒ってたのかなあ。」

ミコトが振り向く。首のマフラーがよじれる。顎の曲線がしっとりと浮き上がる。わたしの内側は、またゆっくり元に戻り始める。筋肉管は引き締まり、襞はもち上がり、粘膜の湿度は増し、わたしの内側は弧を閉じる。

「そんなことないよ。」

再び閉じ込められた子宮の重みに意識を集中しながら答える。

「腹を立ててる人見ると、こっちが傷ついちゃうよな。」

わたしは黙ってうなずく。ミコトは何故わたしの変化に気づかないんだろう。あの時、二人の細い管はつながっていたはずなのに。彼の唾液が下腹部を巡っていたはずなのに。身体を離すと、すぐに彼の膚は鋭敏さを忘れてしまい、わたしの中にはいつまでも鈍い熱が残る。

水の涸れている噴水の周りを半周して、レンガ敷きの少し坂になった路地を入ってゆく。両側には隙間なく飲み屋が並んでいる。焼き鳥を焼く炭とブロックが転がっている。油の染み込んだのぼり旗が、垂れている。アルコールのにおいは塊になって隅々にこびりついている。だらだらと続く坂を登り終わると、そこにはさっきと同じ明るさを保っている表通りが開ける。地下道から喫茶店からデパートから、人々はわき出してくる。レコードショップの自動扉が開いて、聞き覚えのあるポップスが流れ出し、すぐにまた閉ざされる。その隣は細長い画廊で、そこだけ空気が跡切れたように人影がない。街特有の下から舞い上がる、コンクリート色の風がミコトの髪を乱す。彼は少年のように、そんなことにはこだわらず、何かおもしろい物を見つけると気ままに立ち止まって眺めている。期日の過ぎたドラマ公演のポスターや、海の模様のコーヒーカップやレストランの入口に飾ってあるプラスチック製の馬鈴薯。

「これ、おもしろいと思わないか？」

「うん、おもしろいおもしろい。」

わたしはいつでも彼に反対しない。

ある特定の間隔を置いて、わたしは妊婦とすれ違っていることに気付く。本当ならば、意識の網の目からこぼれ落ちてゆくはずの彼女たちが、視界の隅に引っ掛かってしまう。彼女たちは、異様に膨張した下腹部を堂々と突き出している。誇らし気でさえある。わたしの中に、あんな肉体の変形の芽が潜んでいるというのだろうか。スカートの上から下腹に手を当ててみる。彼女たちにとってもう一つの生命を自分の中で育てるということは、何よりも確かな真実なのだ。膨張した下腹部を信じていればいいのだ。わたしのベイビーには足がない。舌も睫も肋骨もない。わたしには、ベイビーを抱き上げてやるだけの正常さがない。

「ねえ、喉が渇いたわ。」

わたしは歩き疲れてミコトを見る。

「何が飲みたい？　ビール？　コーラ？」

二人は立ち止まって向かい合う。人の流れが二人の周りで楕円形を描く。

「野菜ジュース。」

わたしは即座に答える。

「O・K」

彼はガードレールを飛び越し、渋滞した車の間を縫って向こう側に渡る。自動販売機の前でポケットから小銭を取り出している。わたしもスカートの裾を気にしながらガードレールをまたぎ、車道側で彼を待つ。缶を片手で握って、彼はまた同じように車をよけながら走って帰ってくる。

「はい。」

片方の缶を投げてよこす。心地よい重さが掌で揺れる。二人は並んでガードレールにもたれる。硬くてひんやりした感触が足を伝う。彼は缶ビールを飲んでいる。ビルの直線と空の接線が、さっきから比べると少しずつぼやけてきている。空は街に触れている部分から陰り始める。一口野菜ジュースを飲む。舌の表面にざらざらした野菜の繊維が残る。

「また新しい詩を書いたよ。」

彼は湿った舌で喋る。

「今度はどんな感じ？」

信号が変って、車の列がそろそろと移動し始める。

「とても長い詩なんだ。〝僕〟の属している街の中に、どうしても無視できないノイズがあるんだ。それはアルファベットで構成されていたり、まわりくどかったり、ジャンプしていたり、退屈していたりするんだけれど。〝僕〟は街歩きをしてそのノイズを捜す。スーパーマーケットの中でリンゴが転げ落ちるのを聞いたり、映画館で誰かがチケットの半券をしわくちゃにするのを聞いたり、一番大きな本屋さんで活字がケタケタ笑うのを聞いたり。」

車が一台、列からはみ出し、わたしたちの隣に滑り込んできて止まる。若いカップルの背中が覗く。

「ある時〝僕〟はパーティーに行くんだ。そこにもいろんなノイズがある。シャンペンの栓が抜ける。シャッターが鳴る。プールの水が跳ねる。キャビアが潰れる。でも、どのノイズも違うんだ。〝僕〟が捜してるノイズじゃない。」

わたしは二口めの野菜ジュースを飲み込む。喉の渇きはすぐに治まって、代りに生臭い唾液が歯茎に絡みついてくる。彼は喋り続けているので、残った缶ビールがぬるくなってしまうのじゃないかと心配になる。

「〝僕〟はもうほとんど諦めていたんだ。そうしたら向こうのテーブルに居る女の人が目で合図するんだ。彼女は少女みたいな感じもするし、バレリーナみたいな感じもするし、運動選手みたいでもある。」

車の中の二人はシートに身を埋めて、何かおしゃべりしている。時々彼の方が上半身を起こして彼女を見下ろしたり、二人そろって首をのけぞらせて笑ったりしている。

わたしは無意識に缶を口に運ぶ。

「彼女、グラスをテーブルに置くと、掌を二つ並べてパッと開いたんだ。そこには揚羽蝶がいたんだ。」

「揚羽蝶？」

わたしは舌のざらつきを気にしながら尋ねる。

「そう。彼女はそれを〝僕〟の耳元に近づけてくれた。そうしたら聞こえたんだ。羽が細く震えるのが。」

「その音が、捜してたノイズだったっていう訳なの？」

車の中の二人がキスをする。フロントガラスで、フェルトのマスコット人形が揺れる。

「違ったんだ。でも〝僕〟は彼女を悲しませたくなかったから、ヤッホーって叫んで、ノイズに乾杯するんだ。」

わたしは野菜ジュースの濃い舌触りに胸焼けしていた。缶にはまだ半分位残っていた。ミコトに気付かれないように、そっと溝に流した。それは胃液の色に似ている。ベイビーには、わたしの飲んだ液体が届いているのだろうか。

「この詩が載ってる雑誌、奈々子にあげるよ。」

彼はジャケットの内ポケットから、詩の雑誌を取り出す。クレヨン画がデザインされている、そのツルツルした表紙には見覚えがある。今までにも何回か、彼の詩がこの雑誌に採用されたはずだ。

「いつもありがとう。」

わたしはそれを丁寧にバッグに仕舞った。

ビルの影がのびて、通りを斜めに切断する。車の中の二人は、キスの後またおしゃべりを始めた。恋人同士という形は、何故あんなにも柔らかで鮮やかで正常で無臭なのだろう。わたしたちも、そんな形をなぞっているのだけれど。わたしの不純な内部は、まだ形を見せないのだけれど。

彼はビールを飲み干す。

――何故わたしたちは別人なのですか。

――あなたの体液の一滴が、わたしの中で繁殖し続けているというのに。

――あなたには届いていないのですか。この痛みとも圧迫とも痒みとも幻想とも言える感触が。

ことばにならない声が、胸に沈澱してゆく。わたしたちは空缶を握ったまま、体温がガードレールに染み込んでしまう程長い間、そこに立っていた。

暗闇に包まれた玄関を、そのまま電気もつけずに通り抜けて、二階へ上がった。部屋は冷たい透明な膜をかぶせたように、寒かった。一番にストーブをつける。小さな明るさの固まりが浮かび上がる。そこでしばらく指先を暖めてから、スイッチに手をのばす。わたし一人分にしては充分すぎる程の明るさが広がる。

ついさっきここで目覚めたような気がするのに、もう一日という時間が過ぎていったのだ。カレンダーを差す視線の位置が、一つずれる。――もうすぐ六日めだ。――

わたしはベッドに腰を下ろし、ミコトにもらった雑誌を取り出す。パラパラめくっていると、何か紙のはさまったページに行き当たる。彼の『ノイズ』という詩はそこから始まっていた。そして、はさまっていたのは、写真だった。

細く長い髪の毛を持った若い女が振り向いている。わたしよりもずっと大きな目と鼻と唇を持った女。掌には揚羽蝶。羽を左右対称にいっぱいに広げている。——誰？——わからない。わからない。口紅のついていない膚色の唇、染み一つない滑らかな額、しなやかな指先。——ミコトは何故彼女をここに忘れていったの？——シルクのブラウスの光沢が、胸の厚みを包んでいる。わたしはミコトがしてくれた詩の話を、もうほとんど忘れてしまっている。彼女は肘を折り曲げ、両脇をぴったり締めて、こちら側に掌を差し出している。——あなたがミコトに街のノイズを聞かせたの？　あなたがミコトの心を舞い上がらせたの？——大きくなりすぎたストーブの炎を弱めるために、つまみを回す。腕が痺れたように重い。顔の皮膚は痛い程火照っているのに、身体の内部はいつまでも冷気を放さない。写真を抜き取る。羽が揺れる。黄色い鱗粉が滑り落ちる。湿り気を帯びた粒子が、止まっている写真の時間から飛び出してきて、わたしの中に降り積もる。精巧な羽の模様の表面で、繊毛《せんもう》が震えている。触角が彼女の掌を擦る。——わざと忘れていったのでしょう。あなたを。——わたしは大きな息を一つ吸い込む。鱗粉が喉の粘膜に吸いついたり離れたりしながら、ゆっくり落ちてゆく。そしてベイビーが息を潜めている筋肉管にたどり着く。——わたしの中のノイズが聞こえるでしょう。跡切れることのない陰湿なノイズが。ミコトが本当に捜しているのはこのノイズなのよ。——彼女は自分の輪郭を乱そうとしない。揚羽蝶の羽だけが、モスリンの表面が波打つように、時々揺れる。そのたびに鱗粉が忍び込んでくる。——彼のエキスがわたしの子宮の中でノイズを発し続けているの。——降り積もった花粉は、わたしの内側を締めつける。筋肉管がねじれる。濃密な一掬いの液体は、その圧力を突き返そうとして、熱を持ち始める。身体の冷気が溶けてゆく。——ミコトに本当のノイズを聞かせてあげるわ。心を舞い上がらせてあげるわ。——ベッドのスプリングが軋む。粘膜にはりついた鱗粉を剝すように、唾液を飲み込む。けれど、わたしにはわかっている。彼女がそうしたように、わたしの中のノイズを掌に包んで彼の耳元に近づけたら、彼はきっと小さな溜息をついて、目を伏せて、首を横に振るだろう。——残念だけど、これは本当の現実じゃないよ。——そして彼女と乾杯するのだ。わたしは足場を失って、背中を丸める。胎児のように揺らめく。揚羽蝶の羽がわたしに目隠しする。黒と黄色の縞模様が眼球を塞ぐ。眩暈のような苛立ちが目の奥を刺す。——ベイビーは、本当の現実じゃないって言うの？　ロッキングチェアーから転げ落ちた自分を無視するみたいに、わたしの内側を否定してしまうの？――行き着く当てのない疑問を繰り返しながら、わたしはベッドの上で下腹部を何度も叩いた。

さえが居なくなってから、初めての週末、わたしは『新天地』を訪ねた。電車とバスを乗り継いで来てみると、ミコトに車で連れてきてもらった時よりも、随分遠く感じられた。バス停の近くの果物屋でリンゴを三個買って、その紙袋をカサカサいわせながら、花時計に続くスロープを上っていった。わたしの中の異物の存在感は、ますます確かなものになっていた。一時も、その息遣いから離れられなかった。駐車場はがらあきで、白い境界線だけが目立っていた。正面に向かって右手には、家庭菜園程度の畑があって、何人かの老人がその中にかがんでいた。彼らは皆くすんだ色のトレーニングパンツとセーターを着ていた。性別も顔立ちもそれぞれ違うはずなのに、わたしにはどの人も同じに見えた。ただ、しきりに喋っているグループと、全く無口なグループの二つにははっきり分れていた。彼らの話し声には抑揚も息継ぎもめりはりもなく、ことばを聞き取ることはできなかった。けれどお互いにうなずき合ったりしているのを見ると、彼らの中では正常なコミュニケーションが保たれているらしかった。無口なグループは完全にそのコミュニケーションの輪から独立していて、話し声に耳を傾けている様子もなかった。彼らは小型の鍬《くわ》やスコップを握っているが、それらが有効に使われているとは思えなかった。注意して見ると、そこは畑というよりも、ただの柔らかい土の広場という感じだった。彼らは飽きることなく、足元の土を掘り返しているだけだった。

ロビーには、この前来た時と同じように老人たちが坐り込んでいた。やはりソファーは全部空いていた。何故彼らはソファーに腰掛けようとしないのだろう。『新天地』には彼らだけの常識があるのだ。ここではわたしが異物だった。

壁一面の窓ガラスから差し込む日光に向かって、目を眩しそうに細めながらきちんと正座していたおばあさんが、何かを思いついたように立ち上がると、トレーニングパンツを脱ぎ始めた。動作は手際よく無駄がなかった。わたしが呆気に取られている間に、看護師が走り寄ってきた。

「平松さん、御手洗いはこっちですよ。」

彼女は少しも慌てていなかった。もう何度もこの台詞を繰り返してきたのだろう。おばあさんは彼女の声に振り返り、そのままの姿勢で手を止めた。看護師は微笑んでいた。おばあさんは息を詰めて彼女を見た。

「さあ、こんな所で脱いだら笑われちゃいますよ。」

このことばにおばあさんはやっと反応して、のろのろと大儀そうにトレーニングパンツを着た。

「もうみんな入りましたからね。後わたしだけなんですよ。お湯ぬるいんですか？仕方ありませんねえ。薪割ってきましょう。」

看護師は黙ってうなずいていた。

エレベーターを降りると、両側に同じ扉が並んでいた。さえの部屋は奥から二つめだった。窓のない廊下は曖昧な明るさだった。ヒールの音が廊下の先まで一直線に響いた。ここに来るまでの間、さえがどんな様子でいるのか、ずっと気になっていた。急に変ってしまうはずもないのだけれど、わたしとの生活から離れて、ますます彼女自身のとりでを固めたかもしれない。もしかしたら、とうとうわたしを忘れてしまったかもしれない。さえが忘れることのできる物といえば、もうわたししか残っていないはずだった。わたしが通るのを待っていたかのように、扉が一つ、ゆっくりゆっくり開いた。隙間から、背の高い細いおじいさんが姿を見せた。パジャマは身体のあらゆる部分でたっぷり弛んでいた。顎の骨までがくっきりと浮き出ていた。素足だった。老人は何か言いたそうに、しきりに唇を嘗めた。顔面の皺が虫のように動いた。

「あの、何でしょうか。」

わたしの声はかすれていた。老人の表情は変らなかった。そのまま通り過ぎようとした時、老人はさっと棒のような腕をのばして、わたしの手首に触れた。リンゴの入った紙袋が、ささやくような音を立てた。それからすぐに、彼は扉を閉めてしまった。手首に、粉っぽい感触が残っていた。『新天地』では、いろいろなことが起こるのだ。本当の現実なんて、誰にも決められない。

さえは、濁った寝息を立てて眠っていた。隣のベッドは空のままだった。顔色も髪の毛も眠る時の姿勢も、以前と変っていなかった。ただ寝巻だけが、見慣れないものになっていた。ベッドの手すりに掛けてあるタオルには、薄茶色の染みがあった。わたしは窓際に一個、枕元のテーブルに一個、洗面台の棚に一個、リンゴを置いた。さえはリンゴのにおいが好きだった。味覚は失ったけれど、嗅覚は忘れないでいるかもしれない、と思ったのだ。鼻から抜ける息に唸るような声が混じった。それは目覚める時の合図だった。目を開いた時、わたしの姿が一番に映るように顔を近づけた。けれどさえは目蓋を重そうに痙攣させて、頭の位置を少しずらせた後、また眠りに落ちてしまった。

――やっぱりあなたはここに居たんですね。――わたしは枕が高すぎるような気がして、シーツと枕の間にはさまっていたタオルを抜き取った。さえはまた、声の混じった息を漏らした。——あなたがいなくなった後、あの家もわたしも様子が変ってしまいました。あなたのすみかだったベッドは、ただの木の枠になってしまって、奥の三畳の間は閉ざされたままです。あなたが救おうとしていた神様は、埃をかぶっているはずです。——わたしは部屋の隅に置いてあったスチール製の椅子を引き寄せてきて腰を掛けた。——あなたが行ってしまった後、わたしは宙ぶらりんになってしまって……。本当のことを見分けられなくなったのです。——ジャケットを脱いで椅子の背に掛けた。脂肪に当たる、スカートのウエストの線が妙に気になった。わたしの内側は、日に日に密度を増していた。——わたし自身の中にさえ、本当のわたしとは違う塊を抱え込んでいるのです。それは、あなたが『新天地』で時間を重ねているのと同じ速度で成長しています。——廊下を通り過ぎる足音が聞こえる。

「ねえ、この間喫茶店でさあ……」

「へえ、それで?……」

若い看護師のやり取りが扉の向こうで弾けた。——もしかしたら今のあなたには、わたしのベイビーの居る場所が見えているかもしれない。とても近いと思うんです。あなたの居る場所と。長い間信じて備えていた祈りや笑いや食欲や乳房やことばを、あなたは一つずつ振り払ってきた。あなたの溯《さかのぼ》ってゆく先には、重い海があるような気がするのです。あなたが眠る姿は、だんだん胎児の形に似てきています。――痴呆症に陥る前のさえならば、今のわたしの内側をどんな目で見ただろうか。やはりあの母親とわたしを、重ね合わせて見ただろうか。そして長い時間祈るだろう。わたしと自分と神を救うために、祈り続けただろう。

彼女は眠りながらも、唇を突き出す癖を繰り返していた。髪の生え際あたりが、紫色に鬱血していた。わたしは足元の布団をめくった。ふくらはぎから足首にかけて、むくみが見られた。指先で押すと、その形通りに小さな楕円のくぼみができて、しばらくしてからゆっくり元に戻った。頼りない風船のような感触だった。心臓が弱ると、身体の末端からむくんでくるということを聞いていた。そっと布団をずらして手首を調べてみたが、そこはまだ骨が浮き出ていた。わたしは布団を掛け直した。――あなたはまだ何かを振り払おうとしているのですね。――

廊下が急に騒がしくなった。エレベーターのブザー、複数の足音、ワゴンのこまが滑る音、ノック、声。

「おばあちゃん、御飯ですよ。」

プラスチックのお盆を持った、男性の職員が入ってきた。わたしは立ち上がって頭を下げた。その後ろから園長も入ってきた。

「いらしてたんですか。どうです？　おばあさん、なかなか御元気でしょう。」

園長はベッドに近づきながら言った。

「御飯ですよ。」

職員は掌をさえの頬に当ててゆすった。さえは鼻の奥に籠ったような鈍い声を漏らしながら、薄目を開けた。彼はサイドテーブルにお盆を載せた。同じプラスチック製の碗が三つ。中身はどれもゲル状で、一つが白色、一つが緑色、一つが薄茶色だった。

「御世話になります。」

わたしはもう一度頭を下げた。

「とてもおとなしいおばあちゃんですね。僕たちに遠慮なんかしてるんだから。ねえ、園長。」

職員は園長の方に目を向けた。

「そうそう。彼が食事の世話をしてるとね、どうも御苦労様です、すみませんって言ってひどく恐縮なさるんですから。」

彼はにこやかに言った。

「どこか違う所に連れてこられたっていうことに、気付いてるんですね。」

さえはまだ完全には眠りから抜け出していなかった。職員は人差し指と親指でさえの唇の両端をつまみ、わずかに開いた隙間にスプーンを滑り込ませた。それは、わたしが食べさせていた頃のやり方と同じだった。彼女は唇だけを動かしながらその一口分を飲み込んだ。

「わたしがやりますから。」

そう言って、彼の手からスプーンを受け取ろうとした。

「いやいや、これが僕の仕事ですから。園長と一緒に御昼でも召し上がってきて下さい。」

彼はそう言いながら二口めを押し込んだ。

「そうしましょう。」

園長は白衣のポケットに手を突っ込んだ。わたしは、食欲がないということ以外に、断わる理由を思いつかなかった。

「それじゃあ、そうします。」

わたしたちは部屋を出た。

一階のロビーの奥が食堂になっていた。丸テーブルが規則正しく並び、窓の向こうには裏庭の芝生が広がっていた。学生食堂と同じような、でんぷん質のにおいがした。

わたしの食欲は硬く息を潜めたままだった。何人かの老人や職員たちがテーブルに着いていたが、昼時にしてはすいていた。入ってすぐ左手に長いカウンターがあって、その上に数々の料理が並んでいた。コロッケ、魚の煮つけ、サラダ、卵焼き……。

「どうぞ、お好きな物を選んで下さい。」

そう言って園長はお盆を取り、カウンターに沿ってどんどん歩きだした。仕方なくわたしも後からついてゆき、彼が取ったのと同じ物を取った。わたしたちは窓際のテーブルに坐った。

「それにしてもおばあさんは偉いですねえ。感謝のことばだけは忘れていらっしゃらない。」

彼はわたしにソースの瓶を勧めながら言った。

「厳格な祖母でしたけれど……」

わたしはキャベツの上に、ほんの少しだけソースをかけた。

「人間はいくら衰えても、忘れてはいけないものを持っているんですねえ。ここで働いていると、そんなことを思います。」

花壇の中でサルビアの赤色がざわめいていた。スロープを上ってくる時に見えた畑が、ここからも見渡せた。既に老人たちの姿はなく、湿っぽい黒土がむやみに盛り上がっていた。

「もうこちらにいらしてから長いのですか。」

わたしは肉を切り分けながら尋ねた。

「五年になります。」

白衣の袖口が皿の端に触れていた。彼の後ろのテーブルに坐っていたおばあさんが、椅子を鳴らして立ち上がった。食べ終えた食器を持って、カウンターの方に歩きだした。

「いろいろな方が入ってこられましたけど、特別印象に残っているという方は一人もいないのです。不思議なくらいに。最後の最後の時には、みなさん人間として一番純粋な部分だけを残して、あとは空白になってしまうんですね。性別とか個性とか社会的地位とか、他人から自分を区別する要素なんて無意味になるんですよ。ですから『新天地』に存在する平等は、それはもう完璧なものだと思います。」

彼は再び咀嚼し始めた。わたしは肉の一片を口の中に入れた。脂のにおいだけが鼻について、味はよくわからなかった。さっきのおばあさんは食器を下げると、鼠のようにセカセカした足取りで出入口の方に向かった。そしてカウンターの一番端まで来ると、再び新しいお盆を持って、料理を選びだした。

「今はお一人で暮らしていらっしゃるんですか。」

彼が尋ねた。

「ええ。」

わたしはうなずきながら、あのおばあさんを気にしていた。彼女は料理をお盆に載せられるだけ載せると、丸テーブルの間を縫って元の席に戻ってきた。

「この前一緒にいらした方は、婚約者か何かですか。」

「いいえ、そういう訳じゃないんです。」

わたしは彼の向こう側を見ていた。彼女は軽く合掌した後、食べ始めた。箸の運び方も歩調と同じようなリズムで、とてもついさっき食べ終えたところだとは思えなかった。

「あの、ちょっとおかしいんじゃないかと思うんですけど。」

わたしは彼の方に視線を移した。

「どうかしましたか？」

彼は紙ナプキンで口元を押さえながら言った。

「あのおばあさん……」

もう一度、彼の肩越しに彼女を見た。彼は後ろを振り返った。そしてすぐに事情を飲み込んだ様子で、彼女に近づいていった。

「おばあさん、さっき召し上がったばかりじゃありませんか。そんなに沢山食べたら、おなかこわしてしまいますよ。」

彼は上半身を折り曲げて彼女を覗き込んだ。彼女は時間のはざまに落ちたように、箸を止めて息を飲んだ。その目は、コスモスを引き抜いてきたさえが、問い詰められた時の目と同じだった。

「さあ、これは下げていらっしゃい。」

園長は彼女にお盆を持たせた。近くのテーブルにいた職員が彼女を立たせ、連れていった。彼女は無言のまま素直に従った。

「あの人には一人で食事をさせないようにと、言ってあったのですが。」

彼はわたしに頭を下げるようにして坐り直した。

「さっき食べたことを、もう忘れてしまったんでしょうか。」

「それもあります。もう一つ、食欲をコントロールできなくなったということでしょう。放っておけば、怖いくらい、いくらでも食べるんですから。」

五年もここで働いていて、彼は適度に食べている自分の正常さを、疑うことがないのだろうか、と思った。彼らははっきり、世話する者とされる者に分れている。正常な者と異常な者に。わたしはもう一切れ肉片を押し込んだ。食欲は硬いゴムのようなままだった。わたしの中の異常は、どうしてわたしから区別することができないのだろう。何故こんなにも重苦しく、下腹部に吸い付いてくるのだろう。そしてミコトは、揚羽蝶の羽音に紛れ込んだまま、決してわたしの内側を見ようとしない。

「しかし、人間はどこまで行っても人間ですからね。できる限りの御世話をさせていただくしかありません。」

園長はサラダの器を手に取った。——あなた、わたしの中にも異常があるんです。世話してくれませんか。ロビーの真ん中でズボンを脱いだり、突然知らない人の手をさわってきたり、食べたことを忘れてまた食べてしまったりするのと、同じ程度の異常なんです。祖母と一緒に、世話してやってくれませんか。——

わたしは拝むようにうつむいて、肉片を飲み込んだ。

『新天地』からの帰り、わたしは街のデパートに寄った。おもちゃ売場は、子供たちの声とおもちゃの発する電子音が絡まった、音のカーテンに包まれていた。

「あの……標本はどこにあるんでしょう。」

段ボール箱からゲームのセットを出していた店員が振り向いた。

「何ですか?」

彼は頭を傾けるようにして聞き直した。

「標本です。昆虫やなんかの……」

「ああ、標本ですか。あそこにありますよ。」

彼は片手で仕事を続けながら、もう片方の手で指差した。そこのコーナーだけは、人の渦の目のように静かだった。

「どうも……」

そう言いながら、身体はもうそのコーナーに向かっていた。

わたしはガラスケースに整然と並んでいる蝶の標本を、一つ一つ目で追った。『ノイズ』の間にはさまっていた写真の彼女が、掌に載せていた揚羽蝶を克明に思い出そうとした。モスリンのようなしなやかさ、透明な繊毛、湿っぽい鱗粉……。

「これ、ください。一つ。」

わたしはガラスの上に指先を押しつけた。

「さえが居なくなってから八日め。」

カレンダーに向かって呟いた。ストーブの中で灯油が跳ねた。八日間も、わたしは自分の内側を探ってきた。もうたくさんだ。ジャケットを脱いでベッドの上に投げた。小さな一つ一つの音が、この家の空洞に吸い込まれていった。泣きたいような苛立ちがこみあげてきた。でも、もし本当に泣くことができたら、身体中の水分を絞り出すようにして泣くことができたら、どんなに楽だろう。今のわたしにとっては、泣くことさえも無意味だった。わたしはカレンダーの角を押さえ、一枚、勢いよく破った。空気までが一緒に裂けた。後にはまた同じように数字が並んでいた。どこが行き止まりなんだろう。わたしは溜息をついて、冷たく滑らかな手触りのカレンダーの一枚をベッドの上に置いた。それからかじかんだ指でバッグを開け、中から揚羽蝶を取り出した。――ああ、この揚羽蝶だ。間違いない。彼女の掌からわたしが取ってきたんだ。モスリンのようなしなやかさ、透明な繊毛、湿っぽい鱗粉。――耳元に近づけた。――聞こえる。ノイズが聞こえる。わたしのベイビーが、襞の間に息を吹きかける細い音。毎日少しずつ、けれど確実に鮮明になってゆくこの音。あなたの体温はどこまで濃密になるの。わたしの内側をどこまで押し開いてゆくの。本当のわたしじゃないくせに。――写真の彼女が振り向く。髪の毛が揺れる。陣痛のような怒りがこみあげる。わたしは思いっきり掌を閉じた。揚羽蝶は一瞬のうちに粉々になった。弱々しい疼が残った。掌からこぼれた破片が、カレンダーの上にパラパラと降った。

冷めない紅茶

その夜、わたしは初めて死というものについて考えた。風が澄んだ音をたてて凍りつくような、冷たい夜だった。そんなふうに、きちんと順序立てて死について考えたことは、今までなかった。

確かにそれまでにも、わたしの周りにいくつかの死はあった。

小学生の頃弟と一緒に飼っていた熱帯魚は、よくあっさりと死んだ。その死骸を、わたしたちはたいてい朝発見した。わたしよりも早く起きる弟が、「お姉ちゃん！」と叫ぶ声の雰囲気で、熱帯魚の死を知ることができた。「ね、死んでるでしょ。」と、わたしに確かめさせてから、弟は水面を漂っている死骸を掌ですくい上げた。

グッピーであれエンゼルフィッシュであれ、熱帯魚の死骸は案外美しい。食べ残しの餌や薄緑色の藻でぼんやりと曇った水から上がると、熱帯魚の体はつやつやと光りはじめる。赤色や青色が、絵の具のチューブから絞り出したままの鮮やかさで浮かび上がる。弟の小さな掌の中で、潤んだひとみは宙を見つめている。

わたしたちはそれを、いつも庭の南天の木の下に葬った。季節によって南天は、白く慎ましい花をつけていることもあったし、堅くて赤い実をつけていることもあった。わたしがスコップで穴を掘って、弟が熱帯魚をその中に横たえた。土をかける時が、一番切なくなる瞬間だった。滑らかでみずみずしい背びれや腹やえらに、黒ずんだ土が降りかかるのを見るのは、少し悲しかった。

わたしより年下の分だけ、弟の方が純真だった。弟は透明な目でわたしを見ながら、いろいろと難しい質問をした。

「死んだらどうして動かなくなるの？」

「死んだらどうして悲しいの？」

「死んだらどこへ行くの？」

どの質問にも、わたしはきちんと答えることができなかった。

「死んだら天国へ行って、だから動かなくなって、だから悲しいのよ。」

そんなふうに、わたしは答えたと思う。

もっと小さい頃、おじいさんが死んだ。思い出すことのできる一番古い記憶といってもいいくらい、遠い出来事だ。

わたしは、おじいさんの身体をきれいにするためのアルコールを買ってくるように言われた。家の近所の薬屋は、入口のガラス戸に黄ばんだカーテンを引いていて、中はいつも秋の夕暮れのようにひんやりとしていた。そして粉っぽく乾いたにおいが満ちていた。

しかし何よりわたしが我慢できなかったのは、壁一面に貼ってある人間の解剖図と、カウンターに置いてある脳の立体模型だった。身体を縦割りにされた男の人（ほんの小さな子供だったのに、わたしはちゃんとそこにペニスがあることを意識していた。）の図は、たくましい威力でわたしを見下ろしていた。解剖図自体はもうかなり古く、押しピンで止めた四隅がめくれ上がってパリパリになっていたのに、内臓の部分だけは色を塗り直したばかりのように生々しかった。印刷のインクの匂いさえ漂ってきそうだった。

内臓は赤色系統で立体的に描かれていたので、わたしに赤い果肉を連想させた。例えば苺、枇杷《びわ》、トマト。それも少し熟れすぎて、とろりと溶けかけた果肉だ。肺の網目模様や、肝臓の小さなぶつぶつや、ぎっしり絡み合った腸の瘤《こぶ》などがほんの一瞬でも目に入ると、わたしの舌は苦くなって、粘ついた唾液が込み上げてきた。

　脳の立体模型は、店で買物をする間どうしても視界から外せないような、絶妙な位置にあった。できるだけその模型を見ないですむように、わたしはわざとゆっくりまばたきをした。

　どうしてそんなものが薬屋に必要なのか、わたしには全然分らなかった。模型を支える台の横には、難しい漢字が並んでいた。きっと薬品会社の寄付か何かだったのだろう。しかし当時のわたしは、薬屋のおばさんが好きでこういう物を集めているのだと思っていた。こんな恐ろしい物を見つけてくるのだから、おばさんもさぞかし恐ろしい人なのだろうと思っていた。

　模型は、二ヵ所両耳の後ろの所で縦に切断されていた。左耳の断面には脳味噌が詰まっており、右耳の断面には赤色と青色の血管が広がっていた。脳味噌は肥ったなめくじのように、半透明でぶよぶよしていた。蛍光灯の光が皺の一本一本の溝に当たって、脳味噌をよりリアルに浮き上がらせていた。それに比べて血管の色合いはどぎつく、現実味がなかった。二色の合成着色料で色付けした細めのスパゲッティーが、もつれ合っている感じだった。

　自分の頭の中にも、あんななめくじやスパゲッティーが詰まっているのだろうかと思うと、ひどく不気味な気持ちになった。頭を振ると、ぬるぬるした音が聞こえてきそうだった。その音をかき消すように、大きな声でわたしは言った。

「アルコールをください。」

薬屋のおばさんは大柄で太っていた。カウンターからやっと顔がのぞくくらいの小さなわたしは、おばさんのたっぷりとたるんだ顎や、お釣りをわしづかみにする大きな手を見るだけで、胸がどきどきした。

「何に使うんだい。」

彼女は脳の模型越しにわたしを見下ろしながら言った。そんなことを聞かれるとは思っていなかったので、わたしはどうしていいか分らず、うつむいてしまった。

「アルコールっていうのはねえ、危ないもんなんだ。そう簡単に、あんたみたいなおちびさんに売る訳にはいかないよ。騒ぎでも起こされちゃあ、こっちが迷惑するからね。」

彼女はどっしり粘土のように坐ったまま、動こうとしなかった。

もしこれがありふれたただのお使いなら、まだわたしは我慢できたと思う。しかしその日は、あまりにも特別な日だった。おじいさんが死ぬ日など、多くても人生で二度しか巡ってこないのに、今日がまさにその日だったのだ。おじいさんが死んだということだけで、わたしはもう十分につらい思いをしていたのだ。だから、彼女の冷やかな言葉や視線は、わたしを必要以上に傷つけた。

「さあ、アルコールなんて、いったい何に使おうっていうんだい。」

彼女は休みなく質問を浴びせかけてきた。カウンターのガラスに映った、彼女のたるんだ顎の肉を眺めながら、わたしは子供のくせに自分がとても疲れていることに気付いた。おじいさんが死んで、家中の大人たちがあわてたり興奮したり泣いたりしていた。平気な顔をしているのは、生まれたばかりの弟だけだった。そんな中で、わたしもやはり疲れていたのだ。水を飲んだり、靴をはいたり、息をしたりするささやかな動作の一つ一つが、妙にぎこちなく重苦しかった。

「黙ってたんじゃ分らないよ。」

わたしは唾を一回飲み込んで気分を落ち着けてから、事情を説明しようとした。でもその事情が特殊すぎる気がして、彼女に信じてもらえるかどうか心配だった。

「あの、今日の朝、おじいさんが死んだんです。」

わたしの声は震えていた。

「だから、身体をきれいにしてあげたいんです。アルコールでふくときれいになるって、お母さんがそう言ったんです。」

説明している間に、おじいさんの死が生暖かい液体になって、わたしの中にしみ込んでくるような気がした。自分の気持ちがびしょ濡れになってゆくのが分った。

「え、あんたの所のおじいさん死んだのかい？　どうしてそれを早く言わないのさ。」

そんなふうにわたしを責めながら、彼女は後ろの棚からアルコールの瓶を取り出した。わたしはそれを両方の手でしっかりと支えた。瓶のガラスは分厚く、ずっしりと重かった。一番くびれた口の所でも、小さなわたしの手ではつかみきれなかった。

掌の中で、澄んだ液体がゆっくりと揺らめいていた。おばさんの太った顎や、人体の解剖図や、脳の立体模型や、黄ばんだカーテンに囲まれて、わたしはしばらくじっと立っていた。掌の中の揺らめきを、哀しい気持ちで味わっていた。

しかし、その冷たい夜わたしが考えた死は、熱帯魚に土を振りかけたり、アルコールの瓶を持ってたたずんだりした時に感じた死とは、全然違っていた。その夜の死は、もっとくっきりとした輪郭を持っていた。それを両手の上に載せて、重さを感じたり形を眺めたり香りをかいだりできそうだった。両手を離してそれが転げ落ちる時の、こつん、という音さえ聞こえそうな気がした。

その夜死んだのは、中学の時の同級生だった。

彼とは、特別親しい間柄ではなかった。ただのクラスメイトだった。それに卒業してから十年以上、一度も会っていなかった。彼が急死したと、友達からの電話で聞いた時、彼の顔を思い出すのにしばらく時間がかかった。彼についての記憶を手繰り寄せている間、受話器の奥で昆虫が這うような微かな雑音が響いていた。

お通夜は、郊外の海に近い彼の実家で営まれた。長い坂道を登って、彼の家に近づくにつれ、だんだん夜の闇のきめが細かくなってきたように感じた。息苦しいくらい混じり気のない闇だった。

花環があって、縞模様の幕があって、ろうそくがあって、そして喪服の人々の列がひっそりとのびていた。すべてのものが冷たい夜に包まれていた。

そんな中で、死以外のことについて考えることなどできなかった。いつもはすっかり忘れられ、心の隅にこぼれ落ちている死という言葉が、真ん中にきちんと正座して、真直ぐわたしを見つめていた。

それでも、彼の死の事実を受け止めるには少し覚悟がいった。何より彼は若すぎたし、死に方が悲劇的だった。女の人と港をドライブしていて、車ごと海に落ちて、そして死んだ。あまりにも簡単すぎる気がした。つなぎ目のない時間の輪の一点で車が海に落ち、その瞬間に彼は〝存在する〟の領域から〝存在しない〟の領域へジャンプしてしまった。もう少し、その二つの領域の間にためらいのようなものが漂っていてもいいのに、と思った。

わたしは受付の列に並び、順番を待った。懐しい同級生の顔が、あちこちに見えた。彼の死に方や、女の人との関係や、事故の原因について、皆小声で噂し合っていた。クローゼットの隅から引っ張り出してきたわたしの黒いワンピースは、ナフタリンのにおいがした。そのワンピースの黒色は、夜の冷たさをどんどん吸い取っていった。身体が冷たくなればなるだけ、頭の中はしんと冴え渡っていった。

この列の一番先にあるのは、いったい彼の何なんだろう、とわたしは冴えた頭の中で思った。彼の死体。水死体。海藻や波頭の白い泡や貝殻のくっついた死体だ。そして同じこの夜のどこかに、彼と一緒に死んだ女の死体も横たわっている。塩水に濡れた髪の毛や唇やふくらはぎ。

わたしは本物の水死体を見たことがなかった。だから、思い切りグロテスクな水死体を想像することができた。皮膚はゼリーのようにふくらんで、さわるとぬめりがあり、半開きの口から覗く舌は、黴が生えたみたいに黒ずんでぐったりしていて、髪にしみ込んだ海のにおいは、胃液のにおいと区別がつかなくなって……と、いくらでも詳細に切れ目なく並べ立てることができた。その上、わたしは少しもつらくないし、悲しくなかった。気持ちは、砂時計の砂のようにさらさらに乾いていた。

　それは、彼が死んでもわたしは何も失う物がないからだろう。彼の死は、無機化合物的な死だ。決してじめじめしていない。清潔に乾いている。（水死だというのに。）彼はこの十年以上の間、わたしの記憶の中にしかいない。記憶の中ではたいてい、誰もが無機物だ。そして、特定の誰かにまつわる記憶を消してしまうのは、とても難しい。記憶は、自分の物でありながら、自分の意志で整頓し直したり燃やしたりゴミに出したりできない物なのだ。だから彼が死んでも、わたしは彼の記憶を失うことはない。

　夜の暗さや誰かのすすり泣く声や喪服のこすれ合う音や、そんなものすべてが寒さにつながっていた。わたしはハンドバッグからハンカチを取り出して、冷えた口元を覆った。ハンカチさえもひんやりとしていた。周りの人には、泣いているように見えたかもしれなかった。わたしは強張った両手を合わせて、できるだけ長い時間祈った。いくら失う物がないといっても、やはり死は、厳《おごそ》かで静かで、じんと心の底に沈み込んでゆく重さを持っていた。

　結局わたしは、彼の最後の顔は見ないままお通夜を後にした。大人になった彼の顔を知らないわたしが、水死体になってしまった彼の大人の顔を見ても、きっと混乱するだけだと思ったのだ。

わたしは駅の方に向かって、坂を下りた。彼の死が遠ざかるにつれ、街の光が近づいてきた。長い坂の先に小さな光の粒が重なり合って弾けていた。そのもっと向こうには、海の暗やみが細長く横たわっていた。坂の両側には、上品なマンションやこぢんまりした公園やカトリックの幼稚園などが並んでいて、街路樹が連なっていた。そして、とても静かだった。

「やあ、今晩は。」

誰かが不意に背中から声をかけた。あたりの静けさに包み込まれたような穏やかな声だったので、わたしはそれほど驚かなかった。振り向くと、喪服を着たK君がいた。彼も、中学時代の同級生だった。

「久しぶりだね。僕のこと憶えてる？」

「もちろんよ。」

わたしは即座に答えることができた。彼が不思議なくらい昔と変わっていなかったからだ。髪の流れ具合や、視線の動かし方や、首筋から肩にかけての曲線が、わたしの中に残っていたイメージときれいに重なり合った。それでいて彼はちゃんと大人になっていた。背はわたしよりずっと高くなっていたし、指は骨っぽくたくましくなっていたし、きちんとネクタイを締めていた。

「K君こそ、よくわたしのこと覚えていてくれたわね。」

「うん。」

彼は、目を伏せながらうなずいた。

わたしは中学生の頃、ひねくれたかわいげのない子供だった。クラスの男の子と話をすることなどほとんどなかったし、わたしを一番の友達だと思ってくれる女の子も、たぶんいなかったと思う。あの頃は、どんなささいなことでも、喋るのはとても難しかった。自分の会話には、必ずどこかに失敗があった。相手を白けさせたり、声が小さすぎたり、沈黙が長すぎたりした。喋ることは、わたしに切ない後悔をもたらした。だから、唇がすっかり乾いてしまうくらい長い時間、いつも黙っていた。わたしは、教室の軒に何ヵ月もぶら下げられたまま忘れられ、茶色くパリパリになってしまったドライフラワーのような子供だった。

そんなわたしのことをK君がちゃんと憶えていてくれ、そのうえ声までかけてくれたことは、わたしを少しどぎまぎさせ緊張させた。わたしたちは、並んで坂を下りた。

「この若さで、同級生の葬式に出るなんて、思ってもみなかったよ。」

彼はズボンのポケットに軽く両手を突っ込んで、自分の足元を見つめながら言った。

「そうね。」

わたしは相づちを打った。

「彼とは友達だったの？」

「うん。いつもべったりっていう友達じゃなかったけど、僕はやつのこと好きだったし……こっちが悲しくなるくらい、いいやつだったよ。」

悲しくなるくらい、という言い方が、お通夜の後のその場の雰囲気とよく溶け合っていて、本当に悲しく響いた。

「彼が死んだって初めて聞いた時、一番に何考えた？」

彼が尋ねた。

「えっと、まず、彼の顔を思い出そうとしたわ。それで、彼の顔をちゃんと思い出してから、驚いたりショックを受けたりどうしてだろうって考えたりしたと思う。K君は？」

「僕は、どうしてだか分らないけど、妙なことを考えたんだ。喪服がない、どうしよう、ってそんなどうでもいいようなことが、突然頭の中にぽっかり雲みたいに浮かんだ。もっと他に、感じなきゃいけない気持ちがあるだろうって自分に言い聞かせたけど、だめだった。そのうち身体中が、喪服喪服喪服喪服もふく……っていう感じに埋めつくされた。喪服が、何か不気味な生物のように次々交尾して、繁殖していったんだ。」

K君がそこまで喋り終えた時、わたしは彼の喋り方も、昔と少しも変わっていないことに気付いた。

「それで、どうしたの?」

わたしは、彼の横顔を見ながら聞いた。

「うんと年上の先輩の所へ行って、喪服を貸してほしいって頼んだ。」

「その人、貸してくれた?」

「ああ。とても快くね。でも、もう十八回も着たから、かなりくたびれてるけどいいかなって気にしてた。確かに、肘や膝の所が薄くなって少してかてかしてたり、裏地がほころびたりしてたけど、僕はその喪服がとても気に入ったんだ。肌触りとかシルエットとか光沢とかが、僕にぴったりなじんでいる感じがした。何か懐しくていとしい気持ちにさせてくれる喪服だったんだ。うまく、説明できないけど。」

彼は一つ、小さなため息をついた。

わたしたちの他には、誰も歩いていなかった。時々通る車の音さえどことなく柔らかく、決して静けさを破らなかった。二人の靴音だけが、心地よいアクセントになって、アスファルトに響いていた。

「それはきっと……」

彼は続けた。

「十八人分の死の、涙とか悲しさとかつらさのせいだと思うんだ。そんなものが、喪服を優しくしているんじゃないかって……」

坂は、まだまだ続いていた。どこまで続くのだろうと、心配になるくらい長い坂だった。マンションの一部屋の明りが点いたり、消えたり、締め忘れた水飲み場の蛇口から水滴が落ちたり、Ｋ君の髪先が風にゆらめいたりするくらいしか、風景の中で動いているものはなかった。ひそやかな夜の息遣いが、聞こえてきそうだった。

「うまく言えなくて、ごめん。」

Ｋ君がわたしを見た。ごめん、という言葉があまりにもさらりとこぼれ落ちてきたので、わたしは少しあわてた。

「うまく言えなくて淋しい思いをすることって、いっぱいあると思うわ。だから、気にしないで。」

わたしは彼から目をそらさずに、感じた通りを言った。

「それに、Ｋ君が言いたいこと、分るような気がする。」

「本当？」

「うん。だって、その喪服、K君にとってもよく似合ってるもの。」

K君は微笑み、長いまつげを見せながらまばたきをし、それから、

「ありがとう。」

と言った。

彼の喪服の黒色は夜の中に溶け出し、彼のわずかな仕草と一緒に揺れていた。見知らぬ十八人分の優しい死が、彼を包んでいた。

いつの間にか、ネオンがぐっと近づいていた。駅前の大通りが見えてきた。車のクラクションやプラットフォームのベルや人込みのざわめきが、今までの静けさをどんどん消していった。

「それじゃあ、僕はここから、バスに乗るから。」

K君はバス停の所で立ち止まった。わたしたちは向かい合った。K君の背中を、ヘッドライトの列が潤んだ川のように流れていた。わたしたちが今共有している、優しい死のことになど誰も気付かず、皆急ぎ足で通り過ぎていった。

「わたしは駅から電車に乗るわ。」

ふたりの間にある彼の死の輪郭を目でなぞるように、K君の胸のあたりをじっと見

ながら、わたしは言った。

「もっと今の君のこと、聞こうと思ってたんだけど……」

「特別、話しておもしろいようなことは何もないのよ。ただのありふれたOLなの。でも、今日はK君と話せてよかった。お通夜の後、一人ぼっちで無口に家に帰るのは、やっぱり少し淋しいし、中学の頃は一言も口をきかなかったのに、同級生だっていうだけで、友達みたいに沢山話せて、少し不思議な感じで本当にうれしかった。」

「もしよかったら、連絡先、教えてくれないかな。」

K君はポケットからマッチとボールペンを取り出した。

「うん。いいわ。」

わたしはイタリアンレストランのマッチの隅に、電話番号を書いた。K君はそれを丁寧にポケットにしまった。

「じゃあ、おやすみ。」

K君はバス停の時刻板に軽く手を掛け、赤ん坊を寝かしつけるような目でそう言った。

「おやすみなさい。」

わたしたちは、彼の死が心の中にもたらした透明な静けさを、それぞれ大切に抱えたまま別れた。

K君と別れて、自分の部屋の鍵を開けた時、サトウがまだ帰っていなかったことはわたしをほっとさせた。同級生が死んだこの特別な夜を、サトウのような他人にいろいろと質問されながら過ごすのは、やはり気が重かった。海辺の街の長い坂道からずっと続いている神聖な気持ちを、誰にも邪魔されず一人でゆっくりと味わいたかった。

それに、サトウに何を聞かれても、わたしはうまく答えることができないと思う。彼の質問はたいてい、模範的で平凡で現実的だ。サトウと暮らし始めてから、わたしはそのことに気付いた。

――どうして海に落ちたの。

――お酒でも飲んでいたんだろうか。

――彼と彼女と、どっちが運転してたんだろう。

――心中かもしれないね。

――いずれにしても、かわいそうだ。まだ若いのに……

こんなありふれた質問はうんざりだ。それをサトウが口にすると、わたしは余計にいらだつだろう。何かを質問している時のサトウが、わたしは嫌いなのだ。

いつから嫌いになったのかは、よく分らなかった。ただ、最初から嫌いだった訳ではない。嫌いじゃない時もきっとあったのだろう、とぼんやり思い出すことがあるからだ。

リビングの壁に掛かった黒板に、サトウからの伝言があった。

『一件、何とか契約が取れそうです。間取りの打ち合わせがあるので、今晩は遅くなります。先に寝ていて下さい。』

右上がりのとがった文字だった。

サトウの字は昆虫のようだと、わたしはいつも思う。指先にのせると、足先に密集している小さな棘や、胸の硬い甲羅や、神経質に動く触角が皮膚をチクチク刺して気持ち悪い、そんな字だ。

わたしは、黒板消しでサトウの伝言を勢いよく消した。使い古した黒板で、力を込めてこすらないときれいに消えなかった。

サトウが初めてこの黒板を買って帰った時、彼は機嫌よくはしゃいでいた。

「二人の共同生活をスムーズにするためには、やっぱりこんな黒板が必要だと思うんだ。これに、どんなつまらない伝言でも書くようにしよう。」

サトウはそう言って、黒板をどこに掛けるか長い時間迷っていた。わたしは、ひまわりの形をした子供じみたデザインについて不平を言った。

「おもちゃ屋で買ってきたんだ。こういう小さな黒板は、おもちゃ屋にしか置いてなかったんだ。」

そんな言い訳をしながら、彼は壁に釘を打ち込んだ。まだ満足な家具もそろっていなかったがらんとした部屋に、くすんだ音が響いた。もう、三年も前のことだ。

わたしは黒いワンピースを脱いで、クローゼットにしまった。それから、身体の芯がしみるように冷たかったので、お湯をわかして紅茶を入れた。伝言の雰囲気から、サトウが帰ってくるまでまだたっぷり時間がありそうだった。わたしは湯気を胸の奥まで一杯に吸い込んで、ゆっくり紅茶をすすった。

テーブルの上に、十二色の色鉛筆が昨夜のまま散らばっていた。わたしはきのう、サトウの仕事を手伝ったことを思い出した。

サトウは住宅会社のセールスマンで、家を売り歩いていた。売っている物の大きさに比べると、彼の仕事の中身は果てしなく細かく入り組んでいた。キッチンのガスレンジの点火スイッチの形について。寝室のカーペットの色と毛足の長さについて。子供部屋の物入れの間仕切り板の材質について。……問題点はいくらでもわき上がってきて、そのうえそれぞれにクレームや変更や変更の変更があった。サトウはその一つ一つを、すべて円満にクリアしなければならなかった。わたしは話を聞くだけで息苦しくて、気分が悪くなりそうだったが、サトウは何とかうまくこなしているようだった。

「あきらめないことさ。」

サトウは仕事の秘訣を一言でそう言った。彼の言い方がきっぱりとして道徳的だったので、わたしは余計に息が詰まった。

サトウは時々家でも仕事をした。客に頼まれた間取り図を、会社のマークの入ったスケッチブックに書くのだ。一センチ角の方眼紙を下敷きにし、尖った鉛筆で針金のように硬い線を幾筋も引いてゆく。彼が仕事を始めると、わたしはぼんやり手持ち無沙汰になってしまうので、出来上がった間取り図に色鉛筆で色を塗らせてもらう。

「応接セットはグレーでいいかしら。」

「この注文主は若い夫婦だから、もう少し夢のある色にしてほしいな。」

「じゃあ、薄いクリームにするわ。庭はどうする？」

「芝生にしよう。今の資金計画じゃあ芝生はちょっと無理だけど、まあいいや。」

「芝生って高いの？」

「うん。物にもよるけど、三・三平方メートル当たりの単価でいくと、……」

こんな感じで、わたしたちは二人の夜を過ごす。色塗りをしながら、お茶を飲んだりピーナッツを食べたりする。大して、興奮したり胸がどきどきしたり笑い転げたりすることもない、慎ましい夜だ。

わたしは散らばった色鉛筆をケースにしまった。きのう芝生を塗ってちびた黄緑色は、きちんと鉛筆削りで削っておいた。

サトウのいない夜は、どこかに不完全な感じが漂っている。その不完全さは、淋しいとか恋しいとか、何かを追い求めるような気持ちとは全く違って、ただの単純なあるがままの不完全さだ。辞書から抜け出たような冷静さで、漂っている。それはきっとわたしたちが、長い時間一緒に暮らしてこの部屋になじみ過ぎたからだと思う。だから、サトウのいない部屋は不完全だ、と部屋が勝手に勘違いするのだ。

わたしは紅茶に浮かんだレモンをスプーンの先でつつきながら、だんだんと暖まってきた心の中の静けさを改めて眺めてみた。紅茶の湯気で暖まってはいても、塵一つない透明感はそのままだった。こんなふうに透き通った人の死を、わたしは初めて見た。怖くないつらくない死だった。それどころか、頬ずりしたり両手で撫でたり胸に抱き寄せたくなるような死だった。

わたしは、死んだ彼とK君のことを交互に思い浮かべてみた。十年前の記憶の中の彼と、ついさっき坂道を並んで歩いたＫ君と、二人とも優しい姿をしていた。わたしをうっとり気持ちよくしてくれる優しさだった。

わたしはこのまま気持ちよく眠りたいと思った。サトウが帰ってくる前に、眠りに落ちたいと思った。わたしはベッドに潜り込もうと、残った紅茶を飲み干して立ち上がった。ケースの中で色鉛筆が、かたかたとつぶやくように鳴った。

よく晴れた日曜日の午後、わたしはＫ君の家へ招待された。

お通夜の晩Ｋ君と別れてから、電話は特別な意味深い動物のようにわたしの前に横たわっていた。受話器の曲線や、プッシュボタンの溝や、しなやかにのびるコードが、エロティックな動物の姿態を連想させた。

サトウのいない夜、わたしは長い時間電話を眺めて過ごした。テーブルの真ん中に電話機を置いて、いろいろな角度からそれを眺めた。不思議と、飽きることがなかった。いくらでもその形を楽しむことができた。

電話は、一晩中ぴくりとも動かずにじっとうずくまっていることもあったし、時々明瞭な声を上げてわたしをびくっとさせることもあった。ベルが鳴って受話器を取る時、見知らぬ動物に触れる時のような小さなためらいがあった。

電話の相手はほとんどサトウだった。

「今から帰るよ。夜食の用意、しておいてくれないかな。悪いね。そのかわり、先週公園通りにできたケーキ屋で、パイを買って帰るよ。じゃあね。」

そんな感じだった。それはそれで、別にどうということもなく、わたしは淡々と受話器を置いた。そしてサトウが帰ってくる前に、電話を元の場所に戻し、受話器の輪郭を掌で撫でた。

電話を眺める夜が、いくつもいくつも過ぎていった。わたしは嫌気がさしたり、切なくなったり、ため息をついたりすることもなく、電話と一緒の時間を大切に過ごした。

いったいお通夜から何日経ったのか、もう分らなくなりはじめた頃、K君から電話があった。

K君の家は、教えられたとおりに行くとすぐに見つかった。地図の上でしか知らなかった私鉄の小さな駅を降りて、後はずっと一本道だった。

一年に何回もないくらいの晴天だった。女子大生が抱えたテニスのラケットや、ミルクスタンドのマグカップや、ロータリーを旋回するバスの窓ガラスが、特別に選ばれた物のようにきらめいていた。誰もが光を身体中に浴びて歩いていた。あのお通夜の晩の深い闇やK君の喪服の黒色の記憶など、光に溶けて簡単に流れ出してしまいそうだった。

わたしは駅前の商店街でいろいろと迷った末、籐かごに入ったタムという観葉植物をお土産に買った。

その家の前に立った時、表札を見なくてもこれがK君の家だとすぐに感じ取ることができた。どこかで一度見たことがある、という気持ちにさせてくれる不思議な懐しさがあった。子供の頃いつも読んでいた絵本や、熱が出た時必ず見るジャングルの夢の記憶などを引っ張り出して、懐しさの中身を探ろうとしたが、どうしてもうまくいかなかった。

とにかくそれは、古い家だった。小柄な白髪の老女が、無口に目を伏せて正座しているような家だった。

しかし決して、古臭くはなかった。白いペンキで塗られた窓枠や、玄関の把手の黒ずみや、花壇のれんがの古さには、丁寧さと静けさがあった。家がゆったり呼吸するように、一筋の風が通りすぎていった。腕の中で、タムの葉がさわさわと揺れた。

ベルを押して最初に出てきたのが、K君ではなく女の人だったことに、わたしは何故かほとんど動揺しなかった。初対面のあいさつと招待のお礼を、きちんとつかえずに喋っている自分が不思議だった。彼の歳なら結婚していても不自然ではないし、別に動揺する必要などないのだが、それでももう少しどぎまぎしたり、吃ったりしてもよさそうな気がした。それなのにわたしは、まっすぐ彼女の目を見ることができた。

それは彼女が、にじむように美しかったからだと思う。手に取って確かめようとすると、溶けてしまうような美しさだった。瞳の奥には澄んだ一点のきらめきが映り、束ねた髪の一本一本はしなやかに揺らめき、指先にはバレリーナのように優雅な表情があった。そしてその美しさには、手付かずの清らかさがあった。彼女はお化粧もせず、アクセサリーもつけず、ただ木綿の白いエプロンをまとっているだけだった。積もったばかりの雪のように、飾り気がなかった。

わたしは彼女の案内で、ダイニングとリビングが兼用になった南向きの部屋へ通された。K君は、テーブルに食器をセットしているところだった。

「いらっしゃい。」

彼は親しみのこもった笑顔でわたしを迎えてくれた。窓から差し込む光が柔らかすぎて、彼の輪郭がぼやけるほどだった。

部屋の中も外観と同じように、懐しく古びていた。床や天井や柱の木目には時間の染みが塗り込められ、それが適度な艶になっていた。家具やカーペット、テーブルクロスや花瓶にいたるまで、何一つ新品はなかった。どれもが丁寧に使い込まれ、手入れされていた。ちょっとしたひっかき傷やほつれが、わたしをくつろいだ気分にしてくれた。

　手際よく食事の準備ができた。籐かごのタムは、彼女がテーブルの端に飾った。わたしたちは白ワインで乾杯し、遅めの昼食を食べ始めた。

　食事は申し分なかった。グリンピースのポタージュは温かく滑らかで、浮かんだ生クリームの模様は芸術的でさえあった。チキンソテーは香ばしくこくがあり、わたしの食欲にぴったりの分量だった。みんなが同じ程度に喋り、笑い、うなずき合った。その合間に、彼女がオーブンの様子を覗きにいったり、K君がバターの追加を冷蔵庫から取り出したりした。

　食事をしている時の彼女は、一段と美しかった。彼女が微笑むたびに、テーブルのタムが揺らめくような気がした。口紅を塗っていない肌色の唇が、料理の温かさを吸い取ってしっとり潤んでいた。

　K君と彼女との間には、清水のようなものが流れていた。K君が彼女にゆっくりと視線を向け、彼女が「そうね。」とか「うん。」とか、大して意味のない言葉をつぶやく時、控えめでひそやかな水の音が聞こえてきそうだった。

彼女がデザートのレモンムースと紅茶のセットを運んできた時、K君とわたしはサトウについて話をしていた。

「どんな人？」

K君が彼女からお盆を受け取りながら聞いた。

「家の、セールスマン。」

わたしは言葉を選ぶように慎重に答えた。本当はもっと、抽象的にサトウを表現したかった。情熱的な人とか、静寂な人とか、思慮深い人とかそんな遠回しの洒落た言葉を使いたかった。しかし、それは何故かとても難しいことだった。

「大学時代の同級生で、卒業した時から一緒に暮らし始めたの。入籍はしてないんだけど。ただ、一緒に暮らしてるだけ。」

わたしは具体的で答えやすい事柄だけを喋った。そしてそれだけのことを喋ってしまうと、もう他にサトウについては何も残っていないことに気付いた。一緒に暮らしてるだけ……と言った後、頭の中にぽっかり穴が開いたようだった。

「きっと、素敵な人だと思うわ。今度はお二人で遊びにいらして。」

彼女はそう言ってから、ガラスの器に入ったレモンムースを並べた。チェックのテーブルクロスの折り皺の所で、ほんの少しレモンムースが傾いていた。

「ありがとうございます。」

わたしは頭の中にできた、しまらない空洞を眺めながら言った。

それ以上K君はサトウのことについて聞かなかった。彼女はホーロー製のポットに、紅茶の葉を入れていた。スプーンに山盛り三杯の葉を入れ、熱湯を注ぐ手つきは、理科の実験のように慎重だった。液体の落ちる柔らかい音と、温かい靄のような湯気がテーブルの上を漂った。

「彼女とは、君と同じで中学時代に知り合ったんだ。」

K君が彼女の方を見た。彼女を見る時の彼の目には、気持ちがこもっていた。いとおしさや安らかさや清らかさや、そんな種類の気持ちだった。彼は決して、無造作に彼女を見たりしなかった。

「中学の時？」

わたしは少し驚いて言った。

「うん。君、彼女のこと憶えてないかな。」

わたしはもう一度、彼女の美しさの輪郭を確かめた。それから正直に、

「ごめんなさい。思い出せないわ。」

と、言った。

「彼女、僕たちの中学の、図書室の司書だったんだ。」

わたしは木造校舎の隅にあった図書室の重い扉や、カウンターの上で鉛筆入れになっていたドロップの缶や、本の裏表紙にはさんであった黄ばんだ貸し出しカードのことを思い浮かべた。高い天井から降りてくる弱々しい蛍光灯の光や、淀んだ紙の匂いや、体育館から響いてくるホイッスルの音も思い出した。しかしどうしても、そこに彼女のイメージをつなげることができなかった。

「十年以上も前のことよ。思い出せなくて当然だわ。」

彼女が言った。

「図書室に司書の先生がいたことは憶えてるんです。でも、それがあなたみたいにきれいな人だったなんて、当時は全然気が付かなかったんです。」

「彼女はいつも、カウンターの向こう側にひっそりと坐ってた。繭の中でうとうと眠る蚕みたいだった。目を伏せて、何かをじっと見つめているような姿をしていたんだ。」

彼女を形容するK君の言葉があまりにも素直で古風で、わたしはそれをどうやって飲み込んだらいいのかよく分からなかった。

「何を、見つめていたのかしら。」

わたしは、彼女にともK君にともつかず尋ねた。

「目に、見えないものだと思う。」

K君がゆっくり間を取って答えた。

「僕はそこが学校であることや、自分がほんの十五歳の子供であることや、彼女がうんと年上の大人であることや、そんな現実的なことを全部きれいに忘れることができた。僕は彼女の横顔が一番美しく見える席を、一生懸命に探したんだ。時刻や天気や彼女の服の色合いで、その席は微妙にずれていた。ぴったりの場所を見つけるのは、なかなか難しかった。胸が熱くなる作業だった。」

わたしは図書室の記憶の中に、中学時代のK君を重ね合わせようと試みた。しかし、そこに浮かんでくるのはどうしても、今わたしの前にいるK君だった。時間が交差して、わたしの記憶を混乱させていた。

「ぴったりの場所が見つかると、そこから彼女を眺めていた。ある日、彼女が本当に眠っているんじゃないかと、心配になってきた。吸い込まれそうなくらい深い眠りだ。放っておいたら、すうっと渦の目の底に沈んでしまいそうだった。だから僕は彼女に近寄って、肩に手を触れたんだ。彼女を掌の中で確かめたかったんだ。」

「彼が触れてくれた時、ことん、って鍵がはずれるような感じがしたわ。」

彼女は小さな声で言った。

あらかじめ用意され、磨き上げられたような会話だった。手作りのデザートがあり、紅茶の香りがあり、そして恋の始まりを記憶する鮮明な言葉がある、無傷な午後だった。庭の緑はまどろむような静けさで風に吹かれ、出窓から入ってくる光はカーテンのレース模様を揺らしていた。

わたしは、中学生の少年と図書館司書の女性の恋について考えてみた。それは、はかない色合いの水彩画のようなものとして浮かび上がってきた。形を確かめようと目を凝らしても、薄い色の流れが見えるだけだった。

彼女がポットに、鶏の形をしたキルティングのポットカバーをかぶせた。Ｋ君は彼女の指先を見ていた。そこには、はっきりした形があった。彼女の指は思考する植物のように注意深くポットを包み、Ｋ君の横顔の微笑みは真直ぐ彼女につながっていた。

わたしたちはポットカバーを眺めながら、紅茶が入るのを待った。少しの間会話が途切れて静かになった。赤いキルティングが、熱でふっくらふくらんでいるように見えた。

「この観葉植物、何ていう名前かしら。」

彼女がぽつりと言った。

「タムです。生れ故郷は熱帯のむしむしする所です。」

わたしは答えた。三人の目が、タムに移った。

タムの葉は、よく見るととても繊細だった。葉一枚一枚の輪郭が細くてデリケートなのだ。その輪郭をずっと目で追っていると、めまいがしそうだった。わたしはふと、サトウが使っている製図用の硬い鉛筆でこれを写生したら、きっと無気味なくらいリアルに描けるだろうと思った。

「ライオンゴロシっていう植物があるの、ご存じ？」

彼女がタムから目をそらさずに言った。K君とわたしはそろって首を横に振った。

「直径二・五センチの果実に山羊の角みたいな頑丈なとげがついていて、どこにでもくっついてしまうの。ライオンでさえ、このとげで死ぬのよ。」

「毒があるの？」

K君が尋ねた。

「そんな簡単な死に方じゃないの。」

彼女は、タムの葉を指先でもてあそんでいた。

「尖ったとげがライオンの足にでも刺さると、歩くたびにとげが肉に食い込んで痛さが増してくるの。それでライオンはその果実を口ではずそうとするんだけど、今度はとげが唇に刺さってしまい、物を食べるたびに更に深く深く食い込んでくるの。だんだん傷が膿んできて、それで遂に何も食べられなくなって死に至る、という訳。」

彼女の背中の向こう側に、清潔なキッチンが見えた。トースターやスパイスラックや冷蔵庫の把手に、テーブルクロスと同じチェックの布でカバーがしてあった。壁にはフライパンやシチュー鍋やミルクパンが、几帳面に並んで掛かっていた。部屋にある物一つ一つが、彼女の話にじっと耳を傾けているような気がした。

「足に刺さるより唇に刺さる方が、絶対に痛いよな。」

K君はそう言って、自分の唇をなめた。

「でも、ライオンゴロシの本当にすごいところはこれから先なの。ライオンは食い込むとげの痛さに、膝が砕けるまで飛び跳ねるんだけど、飛び跳ねるたびにとげの根元から種子が一つずつ飛び出す仕組みになっているの。ライオンが苦しみもがけばもがくほど、この植物は遠くに種子を飛ばして、繁栄していくのよ。」

わたしは、ライオンゴロシの種子が飛び出す時の音を想像してみた。かわいそうなライオンをせせら笑うような、冷たい音だろうか。それとも、忍び笑うような気色悪い音だろうか。

「ライオンゴロシの棲息地はどこ？」

K君の質問は少年のように純真だった。

「南アフリカよ。もちろん、ライオンが棲息してる所。」

そこで彼女はポットカバーを取り、三つのカップに紅茶を注ぎ分けた。

「なるほど。」

とK君が言い、わたしは感心してうなずいた。

「物知りなんですね。」

「だってわたし、図書室に勤めてたのよ。」

彼女はほんのり笑って、わたしにシュガーポットを勧めてくれた。

「今でもあの中学に勤めていらっしゃるんですか。」

「いいえ。事情があって、やめてしまったの。」

彼女は首を横に振った。髪止めのリボンからこぼれた後れ毛が、かぼそく光って見えた。

食い込むとか膿むとかもがくとかいう残酷な言葉を彼女が口にすると、それらはロマンティックな言葉のように響いた。生徒がすっかり下校してしまった後の図書室で、植物図鑑をめくっている彼女の姿を想像することができた。――窓の外は一面の夕焼けで、雲の切れ目の向こうからうっすら夜に染まり始めている。その植物図鑑は表紙が重く、中をめくると外国製のインクの匂いがする。貸し出しカードは真っ白だ。ストーブの燃える音と紙の音だけが聞こえている。カラー挿し絵の上をなぞったり、ページの角をついたりする彼女の指は、今と変わらずやはりバレリーナのようだ。彼女は軽く顎に手を掛け、ライオンゴロシについて熱心に読んでいる。そして、彼女の斜め後ろに学生服を着たK君が立っている。それは深い黒色で、喪服のように彼によく似合っている。――

わたしはもう一度ゆっくり、部屋を眺めた。眠くなるくらいの穏やかさがあった。レモンムースを一匙すくうと、小さな泡の粒がいくつもいくつも弾けた。彼女の口元は、さっきのロマンティックな言葉たちのかけらがまだ残っているかのように、つややかだった。K君は、謙虚な雰囲気でそこに居た。それは、彼女の美しさを確かめるためだけにそこに居る、という謙虚さだった。

紅茶を混ぜる音と、レモンムースが口の中で溶ける音が交互にして、無傷のまま日曜の午後は過ぎていった。

K君の家から帰ってきた時、わたしは時間の感覚をなくしていた。確かに暗くはなっていたので、夜が近いことは分かった。しかしそれ以上のことは、何も考えられなかった。今何時だから、自分は何がしたいのか、何時までに何をしなければいけないのか、そんな種類の事柄が真っ白になっていたのだ。

それだけ、その日の午後は長かったのだと思う。K君と彼女と三人で過ごしたひとときの感覚が、いつまでもくっきりと残っていて、胸苦しいほどだ。時間の幕に閉じ込められたような気分だった。

とりあえず、何か食べた方がいいような気もした。食べることで、時間の感覚を取り戻せるかもしれないと思った。冷蔵庫を開けると、真ん中の段にパセリがあった。ブーケのようにきれいに束ねられたパセリだった。それから、賞味期限の切れたヨーグルトの一リットルパックと、マスタードの瓶があった。それらを見回してからやっと、わたしは自分が本当は何も食べたくないことに気付いた。身体の中に残っている、K君たちと食べた料理の温かさを、もうしばらく失いたくなかった。

仕方なくわたしは顔を洗い、電動歯ブラシで歯を磨いた。充電した電池が切れてしまうくらい、丁寧に磨いた。だからといって、別に何も変わらなかった。部屋の外では、相変わらず風の向きや空気の乾き具合や雲の色があいまいなまま、時間が流れていた。

黒板にサトウからの伝言が残っていた。今朝きれいに消したばかりなのに、と思いながら、わたしは彼のとがった字を読む。

『歯が痛いので歯医者に行ってきます。何も食べられそうにないので、夕食はいりません。ごめんなさい。』

日曜の夜に診察してくれる歯医者なんているのだろうかと、わたしは不快な気分で思った。

サトウはしょっちゅう歯が痛いと言っている。そのたびにわたしに向かって大きな口を開け、自分の歯を見せたがる。わたしは迷惑してうんざりしているのに、彼はあまりにも大きな口を開けすぎて目を閉じてしまっているので、そのことに気付かない。

彼の歯並びは目茶苦茶で、一本一本の歯が歯茎にめり込んでいるように見える。充血して火照った歯茎や、無花果《いちじく》の実のようにぶつぶつした舌や、もつれた蜘蛛の巣のような唾液は、わたしにあの薬屋を思い出させる。彼が煙草臭い息を吐くたびに、喉の奥で見え隠れしている穴の先に、あの数々の内臓たちがぶら下がっているのかと思うと、気分が滅入るのだ。

しかし、わたしを本当に不快にさせたのは、ごめんなさいという文字だ。わたしは、空缶を転がすようないい加減さで、ごめんなさいとか頑張ってとか言われるのが嫌いなのだ。サトウはまだ、そのことにも気付いていないのだろうか。こんなに長く一緒に暮らしていて、彼はわたしについて知らないことが多すぎる。わたしは、サトウが『足のつぼでアレルギーを治す』とか『人前であがらずに話す法』といった類の本を買ってくることや、ビールが飲めないかわりにレモンライムをがぶ飲みすることや、テニスでエースを取った時、信じられないという表情をわざと作ることが、たまらなく嫌いだというのに。

わたしはサトウのペン立てから製図用の鉛筆を抜き取って、テーブルの上で転がした。それは、スケッチブックの角にあたって止まった。わたしはスケッチブックを広げ、ライオンゴロシの絵を描いてみようと思った。

『直径二・五センチの果実に山羊の角みたいな頑丈なとげがついていて……』

まず、彼女の冷静で分りやすい説明を思い出した。それは全く、料理番組で材料を説明しているような分りやすさだった。

わたしはスケッチブックの真ん中に、目分量で二・五センチくらいの円を描いた。紙と芯がこすれて音がするような、硬い線が描けた。

山羊の角のようなとげ、というのは少し難しかった。わたしは本物の山羊を、じっくり眺めたことなどなかったからだ。仕方がないので兜虫の角を思い浮かべながら、弓形のとげを円の周囲にびっしり描いた。やはり製図用の鉛筆は迫力があって、見るだけでひりひり痛くなるようなとげだった。

『唇に刺さる方が、絶対に痛いよな。』

あの時K君はそう言って、自分の唇をなめた。彼らの会話には、どうしてあんなふうに不純物が含まれていないのだろうと、ライオンゴロシを見ながらわたしは思った。ためらいとか疑いとか苛立ちとか、そんな屑が一つも落ちていないのだ。わたしは頭の中にもう一回、彼らの会話を小川のように流してみた。

『彼女を掌の中で確かめたかったんだ。』と、K君は言った。それは、遠い記憶を一息に引き寄せ、大きな腕で抱き締めるような言い方だった。その言葉を聞いた時、抱き締められているのがまるで自分自身であるかのように、ふんわりと心地よくなった。

サトウとわたしの間にも、掌で確かめたい瞬間があったのだろうか。わたしは自分に質問を提示し、答えを見つけるまでの時間でライオンゴロシをもう一つ描いた。

わたしたちは、大学のテニスコートで知り合った。そこは弓道場の裏にあった。コートのフェンスの向こう側を、袴《はかま》姿の学生が行き来していた。ボールが跳ねる音の合間に、的を刺す矢の音が聞こえた。

厄介なフランス語の試験が終わったばかりで、みんなが優しい友達で、わたしには苦しみなんてないのだと思えるような、澄んだ秋の日だった。

サトウが初めてわたしの真正面に立った時、わたしはゴムの所が少しほつれてゆるくなったソックスをはいてきたことを後悔した。こんな薄汚いソックスは丸めてごみ箱へ捨ててしまって、新しいソックスをはいてくるべきだったわ、とわたしは思った。

わたしたちはダブルスを組んで試合をした。わたしが前衛でサトウが後衛になるたびに、彼の視線が全部ソックスに集まっているような気がした。汗ばんだ掌が、ふくらはぎにぴったりはりついているようだった。

その時サトウが、エースを決めたあと信じられないという作り顔をしたのかどうか、わたしはソックスに気を取られて気付かなかった。

確かにわたしたちにも、輝かしい始まりの時があったのだ。よく待ち合わせをしたR駅南口のクレープ屋の前は、わたしにとって特別な場所だった。待ち合わせの時間が近づくと、一刻一刻がずきんずきんと音を立てて胸に刺さってくるようだった。約束がなくても、そのクレープ屋を通り過ぎる時には、胸に響く音が聞こえてきそうだった。わたしたちはいつも、甘いクリームとバニラエッセンスの匂いの中で会った。

「それが一体、何になるんだろう。」

と、わたしは声に出して言ってみた。別に、何にもならなかった。隣の部屋の赤ん坊の泣き声が、ベランダ伝いに聞こえてきただけだった。

わたしは、患者を無防備にする、あの重々しい歯医者の椅子に横たわっているだろうサトウのことを思った。歯医者の鼻先にさらされた、サトウのグロテスクな口の中のことを思った。わたしはスケッチブックを両手で持ち上げ、粉薬を飲む時の要領でそれを半折りにした。そして、自分の手にとげがささらないよう注意しながら、サトウの口にライオンゴロシを転がす妄想に耽った。

それからわたしは、何度もK君の家へ遊びに行った。普通に考えると迷惑なくらいの頻度だったが、わたしはなぜか彼らに会いたい気持ちをどうしても抑えられなかったし、彼らはいつも心から歓迎してくれた。というより、わたしの訪問は彼らの状態に何の影響も及ぼさなかった。彼らはわたしになど惑わされず、彼らのスタイルで食事をし、会話を楽しみ、微笑み合った。そして同時に、決してわたしを孤独にしなかった。

彼らへの訪問の合間で、サトウとの生活は錆付いた沼のようにひっそりと淀んでいた。

その日わたしが、自分の部屋に閉じこもっていたのは、サトウとのちょっとしたけんかが原因だった。サトウがわたしの用意した昼食に文句をつけたか、わたしの聴いていたレコードをつまらないと言ったか、そんな程度の行き違いだった。

そういうけんかの時はいつも、最初ずきんとサトウの言葉が胸に刺さり、その痛みが段々イライラを呼び起こしてわたしを無口にする。サトウがわたしの気持ちに少しも気付かず、平気な顔で新しい話題を持ち出したりすると、余計に気分が重くなってくる。そして、言葉をなくした自分の胸の内側をじっと眺めているうちに、とうとう最後には哀しくなってしまうのだ。

わたしは、もう最後の哀しい気持ちの段階に入っていた。

扉の向こうで、サトウがテレビのボリュームを調節したり、冷蔵庫を開けてレモンライムの瓶を取り出したりする音が聞こえた。わたしは気分を立て直すために、何か単純な労働がしたくなって、部屋の片付けをすることにした。

まず最初に、洋服ダンスの引き出しを下から順番に開けていき、破れたストッキングや染みのついたハンカチや着古したTシャツをまとめて、ビニール袋に捨てた。それから机の引き出しを一つ一つ取り出し、不用な物をどんどんビニール袋の中に放り込んでいった。卒論の下書き用のノートや、キャップにひびの入った万年筆や、生命保険のパンフレットや、いくらでもがらくたが出てきた。

長い間大切にしていたのに、いつのまにか行方不明になっていた映画の半券が、そんながらくたのすきまからはらりと落ちてきた。サトウと二人で初めて観た映画の切符だった。あの頃わたしは、そこに印刷された通し番号を、輝かしい合い言葉のようにしっかり暗唱していた。そのことを思い出して少し胸が痛んだが、思い切ってそれもビニール袋に投げ込んだ。

ビニール袋はすぐに一杯になった。一杯になると口を硬く結んで、新しい袋をバサバサと広げた。大して重くもなく、いびつに丸みを持った物体が部屋の隅に並んでいった。

外では雨が降っていた。ビニールが触れ合う乾いた音と、雨の湿った音が混じって聞こえた。わたしは次第に、物を捨てる作業に熱中していった。捨てるか残すか迷った時は、必ず捨てる方を選んだ。古びた記憶の中に押し込められていた物たちが、わたしの指先を離れてゆく瞬間の、きっぱりとした感触が心地よかった。

「ねえ、何をがたがたやってるの？」

サトウが顔を覗かせた。

「別に。部屋を片付けてるだけ。」

邪魔されたくなかったので、わたしは手を止めずに答えた。

「あっ、そう。」

サトウは興味なさそうに、すぐ扉を閉めて出ていった。

わたしはもう、部屋中を隅から隅まで片付けてしまわなくては、気が済まなくなっていた。雨の音が段々と激しくなっていくのに合わせ、窓ガラスの向こうが夕闇に染まり始めていた。古い手紙を一枚一枚選り分け、レコードを並べ変え、鉛筆を一本一本削っていると、この作業には終わりがないように思えてきた。雨粒のようにとめどなく、記憶の中から物があふれてくるような気がした。なのにわたしはうんざりすることもなく、不思議なくらいひたむきだった。

そのひたむきな作業は、スライド式の本箱の奥で、一冊の本を見つけるまで続いた。赤ん坊の寝息のようにしのびやかな気配で、本箱の一番目立たない場所に紛れ込んでいたその本を見つけた時、わたしは手を止め、少し顔を傾けながら背表紙を覗き込んだ。そこには、分類番号と中学の名前の入ったシールが貼ってあった。

炭酸の弾ける音や王冠がテーブルを転がる音で、サトウがもう一本レモンライムを飲んでいるのが分った。サトウはごくごく喉を鳴らしたあと、小さな咳をした。

わたしは、慎重に本箱から本を抜き取った。あまりにもひっそりとそこにあったので、とてももろい物のように思えたのだ。しかし手に取ってみると、がっしりした重々しさが掌に伝わってきた。ただ、長い間ウェブスターの英英辞典と『家庭の医学』に挟まれていたので、ページがどこもぴったりくっつき合っているような感じがした。

表紙は地味なねずみ色で、『中学生のための世界の文学Ⅳ　ドイツ編』という題名は薄紫色に縁取られていた。そして、痩せた子供たちがメリーゴーランドに乗って遊んでいる、不思議な絵が描いてあった。子供たちはみんな男の子とも女の子ともつかず、目が細くつり上がっていて、メリーゴーランドに乗っているというのに少しも楽しそうではなかった。口元を意地悪そうにきっと結び、木馬の背中で立ち上がったり、たてがみをわしづかみにしたりしていた。木馬の目はどれも、哀しげに半分閉じられていた。

わたしは、その本のあらすじも表紙のデザインも挿し絵も、何もかもすっかり忘れていた。しかし、わたしがそれを中学の図書室で借りたことは確かなようだった。裏表紙のポケットに、ちゃんと貸し出しカードが挟まっていた。そっとそれを引き抜いてみると、今よりも幼い筆跡でわたしのサインがあり、返却日の欄は空白になっていた。

わたしは返却日の欄の小さな四角を眺め、そこに書き込まれるはずだった日付の遠さを思った。そして、もうすっかり日が暮れているのに気付き、部屋の電気のスイッチを入れた。窓ガラスについた雨の雫が、白く光って見えた。

貸し出しカードの右上の角の所は、ほんの少し紙がうねっていた。そこに指を当てると、ちょうど人差し指と親指がおさまった。

「彼女の、指の跡だわ。」

わたしはつぶやいた。そして、タムの葉を撫でていた彼女の指の形を思い浮かべた。

「『中学生のための世界の文学Ⅳ　ドイツ編』が、まだあなたの手元に残っていませんか。」

彼女の爪の曲線や指先の皮膚の模様を頭の中でなぞっているうちに、卒業式の前の日、図書室からかかってきた電話のことを、わたしはゆっくりと思い出していた。

「あれは、彼女からの電話だったんだ……」

わたしはもう一度、メリーゴーランドの表紙に目を落とした。

あの時彼女は、『中学生のための世界の文学Ⅳドイツ編』という題名を、何かの大切な定義のように、しっかり正確に発音した。

「返却期限が切れているので、できるだけ早く返してくださいね。」

彼女の声の雰囲気が、全然わたしを責めていなかったので、余計にどぎまぎした。

「あっ、はい。ど、どうも、すみません。明日必ず、返します。」

「そうね、明日は卒業式だものね。」

彼女は、微笑むようにそう言った。

とても短い電話だった。ほんの十五歳の少女だったわたしは、電話の向こうにいる彼女に思いを巡らすこともなく、あっさりと受話器を置いた。そして、同じくらいあっさりと『中学生のための世界の文学Ⅳ　ドイツ編』のことも忘れてしまったのだ。

雨は降り続いていた。水の音が薄い膜になってわたしを包んでいた。

「どうしよう、この本。」

わたしは足元のごみ袋を、つまさきで小さく蹴った。かさかさっと、つぶやくような音がして、木馬の上の子供が細い瞳でわたしを見つめた。

結局わたしは、土曜日の午後、図書室に本を返しに行くことにした。

中学校はすっかり様子が変わっていた。木造校舎は鉄筋に建て替えられ、昔うさぎ小屋だった所は文房具の売店に、宿直室だった所は茶道部の茶室になっていた。わたしは図書室を探して、学校の中をあちこち歩き回らなければいけなかった。どの教室も、授業がすんだ後でひっそりとしていた。

図書室は最上階の四階の、陽当たりのいい場所にあった。昔に比べると、ずっと広々として近代的になっていた。カーペットや索引カードのケースやカーテンはまだ真新しく、清潔だった。南向きの窓際の机で、何人かの女生徒が勉強していた。わたしはカウンターの中に目をやった。司書の先生がどんな人かを考えると、少し緊張した。わたしは左腕と胸の間で、あの本をしっかり抱えた。

「お忙しいところ、申し訳ありません。」

わたしは丁寧に言った。

「わたし、本を返したいんです。」

コンピューターの画面に向かっていた司書は、キーボードに指をのせたまま何も言わずにわたしを眺めた。

司書は、背の高い痩せた中年女性だった。皺だらけで骨っぽい指には不似合いの、ローズ色のマニキュアが生々しく光っていた。

彼女が「はあ」とか「どうも」とか、そんな意味のないつなぎの言葉さえ一言も口にしなかったので、わたしはますます緊張してきた。

「十年ほど前にこの中学を卒業した者なんですけど、本を借りたまま返すのをずっと忘れていて……」

「十年前？」

彼女はあきれたように大きな声を出した。そして、とんでもない話ね、という表情でじっとわたしを見据えた。

(こういう年頃の仕事を持った女性って、わたしみたいな若い女の子には、きつい態度を示したがるものなのよね。)

と、わたしは自分を慰めた。

「はい、本当にすみません。」

「随分長い間借りてたのねえ。」

司書はコンピューターから離れ、カウンターに両手をついてわたしの前に立った。白いブラウスに包まれたぎすぎすした胸が、目の前に見えた。

「返却期限は一週間だっていうのにねえ。」

「ええ、分ってます。本当に、無責任なことだと、自分でもあきれてしまって……」

わたしは口ごもりながら、あの本をカウンターの上に置いた。司書はさっとそれを手に取って、ページをめくった。

「確かに、古い本ね。貸し出しカードが手書きだなんて。今は全部、コンピューター管理なのよ。」

「ああ、そうですか。」

「とにかく、こちらで受け取っておきましょう。」

司書はどぎつい色の爪の先で、表紙をこつこつと叩いた。

「その、『中学生のための世界の文学』シリーズは、今でもまだここにあるんですか。」

わたしは尋ねた。

「いいえ。」

司書はあっさりと答えた。

「この頃の本は、一冊も残ってないのよ。」

「一冊もですか?」

「ええ。全部、焼けてしまったの。」

「焼けた?」

「そう、火事でね。五年くらい前かしら。あなた知らなかったの?」

わたしはうなずいた。彼女が喋ると、目尻の皺が唇と同じように神経質に動いた。ファンデーションの粉が皺の間に浮き出して、パサパサに乾いていた。背中で、辞書をめくる音が微かに聞こえた。

（『中学生のための世界の文学』ⅠもⅡもⅢも、彼女が一枚一枚手書きで作った貸し出しカードも、卒業式の前の日にかけてくれた電話も、何もかも焼けてしまったのだろうか。）

と、わたしはぼんやり思った。

「木造の図書室が焼けたんだから、それはそれは物凄い火事だったらしいわね。火花の中を、無数の紙切れが赤い蝶々みたいにゆらゆら舞ってたんですって。一人か二人、死者も出たくらいですからね。」

「えっ、死んだ人がいたんですか？」

わたしには、死者という言葉がひどく特殊なもののように響いた。

「わたしも、詳しくは知らないの。わたしがここへ赴任したのは、火事があって、新しい図書室が完成するのに一年くらいかかって、それからだから。」

「死んだのは生徒なんですか、先生なんですか、それとも……」

「知らないわ。」

司書は興味なさそうに言った。ブラウスの白色を透かして、肩や胸の骨の形が浮かび上がって見えた。

「それじゃあ、あの、あなたの前にここで司書をしていた人のことを知りませんか。わたしが中学生の時の司書の先生で、若くてきれいな女の人で、髪が長くふんわりカールしていて、色白でお化粧っ気がなくて……」

「知らないわ。」

司書は同じ調子で、冷たく答えた。司書はあの本の角をつまんで無造作に揺らしていた。表紙のメリーゴーランドが、本当に動いているように見えた。

「そうですか……」

それ以上わたしは、何も言えなかった。

「まあ、いずれにしても、よくわざわざ返しにくる気になったわね。ご苦労さま。」

司書はそう言いながら、本を持ってカウンターの奥の小部屋へ入っていった。

わたしたちの会話が終わってしまうと、図書室にはまた、じんとしみ込んでくるような静けさが戻ってきた。ヘッセを読んでいる詰め襟の男の子の横顔が、かげりはじめた陽の光に染まっていた。ほっそりした輪郭が、揺らめいて見えた。

（それじゃあ、彼女の感触が残っている本は、あれ一冊しかないんだわ。）

そう思うと、何か取り返しのつかないことをしてしまったようで、切なかった。わたしはもう一度、貸し出しカードに残っていた彼女の指の跡を思い浮かべた。

窓の向こうで、ゆっくりと夕暮れが近づいていた。太陽のぬくもりが雲に溶け出していた。しかし、誰もそんな時間の流れのことなど気にかけず、一心に勉強したり本を読んだりしていた。校庭では、ユニフォーム姿の生徒たちが運動していた。陸上部はダッシュし、テニス部は素振りをし、サッカー部はドリブルの練習をしていた。一つ大きな風が吹いて、くすのきの葉と花壇の草とサッカーゴールの網が揺れた。

ふと気が付くと、そんな風景の透き間を一組のカップルが歩いていた。校庭の端を、ちょうどわたしに背中を向けるような方角へ歩いていた。彼らはぴったり身体を寄せ合い、腕を組んでいるようにも、手をつないでいるようにも見えた。

「K君と、彼女だわ。」

わたしは、きっぱりと声に出して言った。四階の図書室の窓から見える二人の背中は、心細いくらいに遠くはかないのに、どうして彼らだと分るのか自分でも不思議だった。彼らは言葉を交わし合っているように見えた。背の高い彼が、首をかしげて耳を彼女の口元に近付けようとするその角度や、彼女が背筋をいっぱいに伸ばして言葉を彼に届けようとする懸命さが、K君たちに間違いないと、わたしは確信した。

中学生たちが何人も、二人のすぐそばを飛んだり跳ねたりしているのに、誰も彼らに注意を払おうとしなかった。二人は淡々と歩いていた。夕暮れが校庭に舞い降りるのと同じ速度で、二人の背中が小さくなっていった。わたしは窓に近寄り、ガラスに顔を押し当てた。頬がひんやりした。彼らの後ろを、野球部がひとかたまりになってランニングしていた。みんな帽子のひさしで表情を隠し、視線を足元に落としていた。

紺色のアンダーシャツと白いユニフォームが、規則正しく上下に揺れていた。荒い息遣いとスパイクが砂を蹴る音が混じり合って、二人の背中を覆い隠そうとしていた。わたしは何度もまばたきして、二人をもっとよく見ようとした。まつげがガラスを撫でた。その時、夕暮れ特有の、風景が黄金色一色に染まる一瞬が訪れて、ユニフォームも二人の背中も空も風も、全部が色の底に沈み込んでいった。

　野球部が通り過ぎた後、グランドの砂がうっすら吹き上がって、K君と彼女の背中はもうなかった。

　それからしばらくして、K君から「また遊びにおいでよ」という電話をもらった時、わたしは胸がどきどきしてすぐに返事をすることができなかった。あの日、図書室の窓から見えた二人のもろくて淡い背中に比べて、K君の声があまりにも間近に生き生きと聞こえたからだ。

「今からおいでよ。何もすることなくて、ごろごろしてるんだ。」

　K君の声は、つかめそうなくらいくっきりと受話器から響いてきた。わたしはK君に、あの日彼女と二人で中学校に行ったかどうか、聞いてみたいと思った。しかしそれを本当に聞いてしまうと、夕日の中で見えなくなったあの時の背中のように、K君の声も遠くへ消えてしまいそうで怖かった。

K君と彼女がいなくなったら、自分はきっと泣くだろう、とわたしは思った。一緒にいる楽しさよりも、いないつらさでその人の大切さが胸にしみる時、わたしはその人を特別に愛することができる。

わたしは受話器を掌で堅く包んで、

「うん。すぐに行くわ。」

と答えた。

ベルを押すとK君が出てきて、いつもの部屋にわたしを通してくれた。

部屋の中はのんびりした雰囲気が漂っていた。テレビの音が小さく流れ、ソファーの上には新聞が広げたままになっていて、灰皿の煙草からは白い煙が立ち上っていた。テーブルのタムの葉は相変わらずか細く、どんな小さな空気の動きにも揺らめいていた。そして弱々しい冬の陽射しが、部屋全体を包んでいた。

「彼女は？」

わたしは彼女を探した。

「古本屋に行ってるんだ。」

K君が答えた。

「彼女は本が好きなのね。」

わたしたちは、ソファーに向き合って坐った。

「うん。彼女は時々、本の空気を吸いに行くんだ。」

「空気を吸いに？」

「そう。特別読みたい本があるとか、調べ物があるとかいうわけじゃない。ただ、司書をしていた頃図書室にあったのと同じ種類の本を見つけたりすると、手に取ってぱらぱらめくったりするんだ。」

「何のために？」

「懐しむためさ。人間は誰でも、懐しいっていう気持ちが好きだろ？　ふるさとや母校を訪ねて、昔のままの風景に出会って、それで懐しいっていう気持ちを楽しむ。だからって別に何がどうなるわけでもないけど、とにかく彼女も懐しい気持ちが好きなんだ。」

灰皿の中で、短くなった煙草がぽとりと転がった。そばに、お通夜の夜わたしが電話番号を書いたマッチ箱があった。あの夜、冷たい指で書いた小さな数字が、マッチ箱の隅でうつむいていた。

（彼女は、一冊だけ焼け残ったあの『中学生のための世界の文学Ⅳ　ドイツ編』を探しているんじゃないだろうか。）と、わたしは思った。彼女は狭くて埃っぽい古本屋の書棚の間に立って、つり目の子供がメリーゴーランドに乗っている表紙を探している。店の奥では、主人が半分眠ったようにぼんやり正座している。彼女は本を手に取り、返却日の欄が一つ空白になった貸し出しカードが挟まっていないか確かめる。そしていつも裏切られ、ため息をつきながら哀しい目で本を元に戻す。

「紅茶でも入れるよ。」

K君がそう言ってキッチンに立った。わたしは、彼女について語っている時のK君が好きだ。K君が彼女の名前を口にする時の、深い泉のような瞳が好きだ。人を愛することがどういうことかきちんとした形で表わしたい時、その瞳を思い浮かべればいいと思う。

K君は紅茶の缶を戸棚から取り出して、テーブルの上に置いた。それは金色の重々しい缶で、見るからに高級品だった。それからいつものポットに、スプーンで葉を入れた。彼女と同じように、丁寧な手つきだった。この部屋にある何を扱う時でも、オーブンのつまみを回す時でも、カレンダーをめくる時でも、彼らの手つきはとても丁寧だった。それは、安らかな丁寧さだった。

わたしはK君が紅茶を入れてくれるのを、じっと見ていた。その間わたしたちは一言も口をきかなかった。テレビの音だけが、静けさの底を漂っていた。

K君はポットにお湯を注ぎ、ティーカップを用意し、バターチョコレートの箱を開けた。それから鶏型のポットカバーを、ぽん、とかぶせたところで、わたしの方を向いて微笑んだ。

テレビではラグビーの試合をしていた。

「ラグビーは好き？」

K君が聞いたので、わたしは、

「スポーツ番組は何でも好き。何かを一生懸命やっている人を見るのは好きなの。」

と答えた。

わたしたちは紅茶をすすり、チョコレートを食べながら、ラグビーの試合を見た。

わたしがルールのことで質問すると、K君が答えてくれた。

「どうしてさっきのは反則なの？」

「ボールを前へ投げたからさ。」

「ボールを前へ投げられないのに、どうやって前へ進むの？」

「走りながら、ほんの少しだけ後ろへ投げればいい。」

「なるほどね。」

K君は時々、チョコレートを口に入れたまま喋ったので、語尾が聞き取りにくいことがあった。しかし彼の説明は心がこもっていて、春の海の波のように根気強かった。画面の中の選手たちは汗まみれで、切なくなるくらい一生懸命だった。満員の観客は旗を振ったり、抱き合ったり、悔しがったりしながら、みんな興奮していた。歓声が大きなうねりになって、画面を揺らしていた。試合が白熱し興奮が高まれば高まるほど、わたしたちの間の穏やかさは深まっていった。

「彼女、早く帰ってくればいいのにね。」

試合がハーフタイムに入った時、わたしは言った。

「そうだね。」

K君は画面から少し視線をそらし、遠くの一点を見つめるような目で答えた。

ここは、時間が流れていないかのように静かだった。どんどん吸い込まれて、抜け出せなくなるような深さがあった。このままK君の横顔を見続けていたら、彼らと一緒に黄金色の校庭に溶けていけそうな気がした。

(K君と彼女はどうやって、あの果てがないほどに清らかで安らかな夕暮れから帰ってこれたのだろう。)

わたしは自分を引き戻すように、紅茶の最後の一口を飲み干した。それは、燃えるように熱かった。ブロンズの液体が震え、身体の真中を突き抜けていった。

「この紅茶、全然冷めてないわ。」

わたしは、ぽつりと言った。K君には聞こえなかったのか、彼は黙ったまま遠くを見続けていた。

（K君が紅茶を入れてくれてからもう随分たつのに、どうして全然冷めてないのだろう。）

そう思いながら、わたしはK君の視線の先にあるものを一緒に見ようとして、彼の瞳に目をやった。


夜になっても彼女は帰ってこなかったので、わたしはK君にありがとうとさよならを言って家を出た。外には冬の闇が満ちていた。どこか甘い匂いがするような、しっとりした闇だった。掌を広げると、闇のベールの感触がつかめそうだった。

空気は冷たかったが、寒くはなかった。空の高い所で、星が小さく光っていた。わたしは、頰や手首やふくらはぎが、冷気にゆっくり包まれてゆくのを感じながら歩いた。太った猫が一匹、のそのそと前を横切った。

夜は、道の先までずっと続いていた。わたしは、夜の終わりに向かって歩いているような気がした。その終わりは、くらくらするくらい遠くに見えた。

知らない間に、道が坂になっていた。こんな所に坂があっただろうか、と少し不安に思いながら、この一本道以外他にはどこにも道などなかったので、わたしは歩き続けるしかなかった。靴の先が段々と下がって、坂は急になっていった。夜の終わりが、つまさきのずっと下の方に見えた。どこまで続くのだろうと、心配になるくらい長い坂だった。マンションの一部屋の明りが点いたり、消えたり、締め忘れた水飲み場の蛇口から水滴が落ちたりするくらいしか、風景の中で動いているものはなかった。ひそやかな夜の息遣いが、聞こえてきそうだった。

何かが歪んでいるような気がした。時間や空気や距離や、そんな目に見えない何かが、どこかでねじれていた。しかしわたしにはどうしようもできなかった。わたし自身、そのねじれの渦にはまりこんでいた。

わたしより他には、誰も歩いていなかった。わたしは誰にも頼ることができなかった。K君の記憶は、わたしの背中のずっと後ろにあった。

坂と空の間の闇に、海がうっすら見えてきた。坂を下りるにつれ、海の色はくっきりと濃くなってきた。

「この海は、どこから来たんだろう。」

わたしはささやいた。そして、腕を星の光にかざして、自分の着ている洋服の色を確かめようとした。今日何色の洋服を着てきたのか、思い出せなかったのだ。それをどうしても、思い出したかったのだ。

わたしは、冷気を含んで重くなったワンピースの袖に目を凝らした。ワンピースの色は、もうすっかり夜の闇に飲み込まれていた。わたしは何度もまばたきして、闇に沈んだ色を見ようとした。

ダイヴィング・プール

ここはとても温かい。何か巨大な動物の体内に飲み込まれたようだ、といつも思う。しばらく坐っていると、髪やまつげや制服のブラウスが、ここの温かさを吸い込んでしっとり潤んでくるのがわかる。汗よりもサラサラとして、ほんの少しクレゾールの匂いのする湿り気がわたしを包む。

足元のずっと下の方には淡いブルーの水面が揺れている。底までのぞこうとしても、絶え間なくわき出してくる小さな泡に邪魔される。天井はガラス張りでとても高い。階段状の観覧席の真中あたりに、わたしは引っ掛かるようにして坐っている。

純が十メートルの飛び込み台の上を歩いている。水着は、きのう純の部屋の窓のひさしに吊り下げられていた小豆色のパンツだ。台の一番端までくると、ゆっくり水面に背を向けてかかとをそろえる。身体中の筋肉の一つ一つが一斉に息をひそめてピンと張り詰める。その時の足首から太腿にかけての筋肉のラインが、純の身体のなかでわたしは一番好きだ。ブロンズのように冷やかで優美だ。

　彼が時間の一点をつかむために両手を振り上げてから水の中に消えるまでの間、わたしがどんなに気持ちよさを感じているか、自分で自分に説明したくなる時がある。でも、いつもうまく説明できない。言葉の届かないひそやかな時間の谷間を、彼は落ちていくからだろうか。

「後ろ踏み切り前宙返り2回半抱え型。」

　わたしはつぶやく。失敗だ。胸のあたりを水面にぶつけて大きな音がした。そして白いしぶきが、いくつもいくつも弾ける。

　こんな失敗の演技でも、ノースプラッシュの完璧な演技でも、わたしの気持ちよさに少しも変わりはない。だからうまく飛べますようにと祈ったり、がっかりしたり、手をたたいて喜んだりすることもない。純のしなやかに伸びきった身体は、薄っぺらな感情を突き破って、もっと奥深いわたし自身の髄に吸い込まれていく。

　泡の中から彼の姿がのぞくと、揺らめく水面が肩の輪郭をなぞってベールのように盛り上がる。彼はそのベールを被ったまま、プールサイドに向かってゆっくりと泳ぐ。大きくて正確な平泳ぎだ。

　飛び込み競技のテレビ中継で、プールの中に備え付けられた水中カメラの映像を見たことがある。水面を突き破ってきた選手たちは、そのままの勢いで真直ぐプールの底までたどりつく。プールの中は澄んだブルーで満たされている。選手たちは身体を丸めてくるりと向きを変えると、足の裏で底を蹴って水面に昇っていく。その姿が、演技よりもずっと美しい。水を掻く掌や足首の動きは伸びやかで、身体中がすっぽり水の清らかさに包まれている。女子選手なら、髪が風のように揺らめく。表情は皆、深呼吸しているかのように穏やかだ。

何人もの選手が飛び込んできて、水中カメラの前をきれいな流線型で通りすぎてゆく。もっとゆっくり長い時間、水に包まれた姿を見ていたいのに、ほんの二秒か三秒で彼らは水面から顔を出してしまう。その姿はわたしに、人間は誰でも羊水の中で生まれたんだということを思い出させる。

純もプールの底で、胎児のように思いのままに筋肉を泳がせているのだろうか。緊張から解き放たれて自由になった純の身体を好きなだけ眺めることができたら、もっと気持ちよくなれるのにと思う。

わたしはもうかなり長い時間を飛び込み用プールの観覧席で過ごしている。きのうもおとといも、三ヵ月前の今日もここにいた。何かを考えているとか待っているとか、そんな目的は思いつかない。ただ、水に濡れた純を見ているだけだ。

わたしたちは十年以上も同じ屋根の下で暮らしていて同じ高校にも通っているから、一日のうち何回か肩先が触れ合う程近づいたり、言葉を交わしたりしているのに、プールにいる時の方がずっと近くに純を感じることができる。彼は無防備な水着姿で、身体を伸び型や蝦《えび》型や抱え型に変形させながら何度も水に飛び込んでゆく。わたしは足元に学生鞄を置いて、ひだにきちんとアイロンのかかったスカートと洗いたてのブラウスを着て観覧席に坐っている。わたしは彼に手を伸ばすこともできない。

それでもやはり、ここは特別な場所だ。ここはわたし専用の見張り塔で、わたしだけの純を見ることができる。彼はわたしの真中を、一直線にはみださないで貫いてゆく。

駅前の商店街を通り抜けて、線路沿いの国道から一本南寄りの細い道に入ると、人のざわめきが急に遠のいてゆく。五月の今の季節なら、純の練習が終わってからプールを出てこの駅に降りる頃でも、まだ昼間の光の名残が漂っている。

砂場と水飲み場だけの公園や会社の独身寮やさびれた感じの産院などを通りすぎると、後は平凡な住宅が続いている。その一本道を、わたしは家にたどり着くまで二十五分も歩かなければいけない。改札口から一緒に流れてきた人影が減ってゆくのと合わせて、残り少ない陽の光がどんどん薄い闇に吸い込まれてゆく。そして最後には大抵わたし一人になってしまう。

低い生け垣が続いた後、雑木林があって、その先に半分蔦《つた》に覆われたブロック塀が見えてくる。蔦の絡まっていないところは苔《こけ》色に変色し、もうほとんど植物と同化してしまったようなブロック塀だ。門はいっぱいに開いていて、閉まらないように錆びたチェーンで固定されている。

この門が閉ざされているのを、わたしは見たことがない。この門はいつでも、困難や痛みに煩《わずら》い神を求めてやってくるあらゆる種類の人間たちを迎えるために、大きく開かれている。ここでは誰も拒まれるということがない。もちろんわたしも。

門の脇に蛍光灯のついたガラス張りの掲示板がある。――今週のみ教え　人の身が大事か、わが身が大事か。人もわれもみな人。天が下に他人ということはなきものぞ。――父は毎週土曜日の午後、経典をめくりながら墨をすり、長い時間かけてこの『今週のみ教え』を書く。硯箱は、墨の匂いがしみ込んでとても古びている。水入れから水を注ぎ、墨を真直ぐに立てて静かに動かし、筆を浸す。そんな一つ一つの仕草が間のびするくらいゆったりとしていて、厳かな儀式めいている。わたしはいつもその厳かさを壊さないように、忍び足で部屋の前を通り過ぎる。

蛍光灯に集まった小さな虫が、何匹か父の字の間を這い回っている。いつの間にか夕暮れから夜に変わっている。門の中は、外よりもいっそう深い夜に包まれているように見える。それはここが、むせかえるほど濃い植物の緑にあふれているからだ。ブロック塀に沿って、何の脈絡もなく常緑樹と落葉樹が入り混じって植わっている。枝は伸び放題に絡み合っている。前庭も一面、雑草だか草花だか区別がつかないくらい雑然と緑に覆われている。

そんな中で二本の大きな銀杏の木の緑が、ひときわ濃く夜の空から浮き出ている。毎年秋になると、子供たちが軍手をはめてぎんなんを拾う。一番年長の純が太い枝にまたがって木をゆすると、黄色く乾燥した葉っぱと一緒にぎんなんがぱらぱらと降ってきて、小さな子供たちは大騒ぎで走り回る。この銀杏のそばを通るたびに、わたしは子供たちの靴の裏に潰れた毛虫のようにはりついているぎんなんの果肉と、そこから広がる乱暴な臭いを思い出す。

銀杏の木の左手側が教会、さらに渡り廊下でつながった斜め奥がひかり園。ここが、わたしの家だ。

プールの観覧席でたっぷりと吸い込んだ淡い青色の清潔な湿り気も、ここに帰ってくるまでの間にすっかり干上がってしまって、気持ちまでもかさかさに乾いているような気がする。いつでもそうだ。『今週のみ教え』を読んで、無防備な門を通り抜けて、ぎんなんの臭いを思い出しながらひかり園の玄関を開ける、たったそれだけのことをわたしは無意識のうちにこなすことができない。何かがわたしのかさかさの胸に引っ掛かる。

緑に包まれたひかり園の風景は圧倒的で揺るぎないのに、自分はひどくぼやけた感じ。あるいは反対に、自分は痛いくらいに研ぎ澄まされていて、風景が頼りなく沈み込んでいる感じ。どちらにしても、わたしとひかり園の間には踏み越せないひずみがあって、そのひずみがわたしの胸をひっかいているように思う。

ここはわたしの家なのに。ここに家族がいるのに。純もいるのに。そう思いながら、わたしは緑の幕に身体を預けてひかり園の扉を開ける。

自分の中にある古い記憶を整理して順番に並べると、一番最初の記憶が一番鮮やかなフィルムで焼き付けられていることに気づく。

日差しのきつい初夏の午後だった。わたしは純と二人、裏庭の井戸のところで遊んでいた。井戸はもうずっと以前に土で埋められていて、そこに一本の無花果が植わっていた。純もわたしも四つか五つだったから、純はひかり園に引き取られてまだ間がない頃だ。純は私生児だったが、母親がアル中ですっかりだめになってしまい、ある熱心な信者さんのつてでひかり園にやってきたのだ。

わたしは無花果の枝を折って、そこからにじみ出てくる白い不透明な液を眺めていた。触れるとそれは思った以上に粘り気があり、指先に絡みついてきた。わたしはもう一本枝を折りながら純に言った。

「さあ、ミルクの時間ですよ。」

わたしは膝の上に純を坐らせ、肩に手を回して、もう片方の手で無花果の枝を純の唇の間に差し込んだ。その頃の純の身体には、透明なプールの水に包まれて光っている筋肉のラインを思い起こさせるような部分は、どこにもなかった。腕の中には、ただ平凡な幼児の柔らかさがあるだけだった。純は本当の赤ん坊と同じように、唇をすぼめてちゅうちゅう音をたてた。両手でわたしの手を包んで、哺乳ビンをつかむ真似までしてみせた。無花果のミルクは、苦い土の匂いがした。

その時わたしは不意に、何かとりとめのない気持ち悪さが自分に取りついているのを感じた。それが最初だった。無花果のミルクとか純の身体の柔らかさとかが、その何かを引き起こしたのかもしれなかった。それとももっと以前、もしかしたら生まれる前から、気持ちの悪い何かがまつわりついていたのかもしれなかった。

——ここにいる純はいったい誰なんだろう。ある日突然やってきて、わたしと一緒に住んでいる。兄弟でもないのに。純だけじゃない。わたしの家にはあやふやな他人がいっぱいいて、家族のように振る舞っている。本当は父さんと母さんの三人家族のはずなのに。どこかよその家と違っている。よその家族と違っている。——

わたしの気持ち悪さはだんだんに、具体的な不思議になってわき出してきた。わたしはもっとたくさんミルクの出そうな太い枝を折って、切り口を純の唇に塗り付けた。純は眉間に少し皺を寄せながら、唇をなめた。そこのところで急に日差しが強く濃くなって、風景が白くぼやけてきて、わたしの一番古いフィルムは終わる。

あれからずっと、わたしの不思議は消えずに連なっている。家族とか家庭とかいう言葉を耳にした時、それだけが特別仕立ての言葉のように思えて、どうしてもさらりと聞き流せない。けれど実際手にとってみると、言葉の中身は空洞で、空缶のようにカラカラとわたしの足元を転がってゆく。

父と母は、神と信者の間を取り次ぐ教会の先生で、ひかり園の園長だ。ひかり園は孤児院で、わたしはひかり園で生まれた孤児じゃない唯一の子供。このことが、わたしの家をひどくよじれさせている。

わたしは自分に取りついている気持ち悪さを確かめるかのように、時々遊戯室の本箱の一番下の段に並んでいるアルバムを開く。床に散らばった絵本や積み木の間に横坐りして、適当な一冊を取り出す。

写真はどれも、ひかり園の行事の時に撮ったもの。お花見、潮干狩、バーベキュー大会、そしてぎんなん拾い。どの写真にも孤児があふれている。遠足の時に写すクラスの集合写真のように、子供の顔が並んでいる。彼らの中に、わたしは紛れている。学校の遠足なら、終わればみんなバラバラに家へ帰るけれど、孤児たちはひとかたまりになってまたひかり園に戻ってくる。わたしの周りから孤児がいなくなることはない。

両親は大抵、孤児たちの後ろで笑っている。父の笑いはもの静かで無傷で平等で、やはりどことなく儀式めいている。彼の生活の大部分は祈りの儀式で占められているのだから、それは仕方のないことだ。彼はほとんどいつも、神聖で退屈なお祈りの時間の中にいるのだ。礼拝用の長椅子から神壇を眺める時のような目で、わたしは写真の父を見る。

わたしは無表情でアルバムをめくる。集合写真ばかりの代わり映えのしない写真を眺める。出生時の体重や身長の記録もない、墨でとった足形もない、親子三人のスナップもないアルバムを、切ない気持ちで眺める。そしてアルバムを閉じるパタンという音を、自分の家が孤児たちの間で押し潰される音のように聞く。

　いっそのことわたしも孤児だったらよかったのに、と思うことがある。ひかり園にあふれているいろいろな種類の不幸、アル中の母親、殺人犯の父親、死に別れ、捨て子、どれか一つでいいからわたしの物だったらいいのに。そうしたら、わたしも立派な孤児になれる。二人の園長を本当の両親だと思うように努力したり、できるだけいい家にもらってもらえるように無邪気さを装ったり、そんな健気な自分をいとおしく思うことができる。その方が、人生としてはずっとすっきりしている。

潰れた井戸に生えた無花果の記憶の中から、わたしはずっと天使のようにいちずに願い続けている。ありふれていて、まわりくどくなくて、ひっそりとした家を。

純がロッカー室に消えて、プールの水面が静まっていくのを見ながら足元の学生鞄を持ち上げる時や、競技会に出掛けた純が緑の闇を踏み分けて帰ってくる音を、聞き逃さないようにじっと待っている日曜日の夜、自分の願いが霞《かすみ》のように蒸発してゆくのを感じる。淋しいという程きつい気持ちの時ではなく、とりとめもなく胸がきしむような時、わたしの純粋な願いはゆらゆらと立ち昇って手触りがなくなってしまう。

　わたしは手探りしながら、どうしようもできないことを知る。世の中には沢山のどうしようもできないことがあって、わたしにとっての一番のどうしようもできないことが、ひかり園なんだということを知るのだ。

純が帰ってきた。練習の後ミーティングがあるので、純の帰りはわたしよりも一時間程遅かった。

わたしは一週間か十日に一度くらい、純の帰ってくる時間を見計らって玄関ホールのソファーや電話のあたりにさり気なくたたずんでいた。純を待っているんだということを、他の子供たちや職員や両親、そして誰より純自身に悟られると、二人の間がひどく込み入った方向に流されてしまいそうだったので、わたしはさり気なさを大切にした。そんな自分を滑稽だと思いながら、用もないのにクラスメイトに電話したり週刊誌をめくったりしていた。

夜の玄関ホールは大抵がらんとしていて静かだった。染みやほつれの目立つ古くさいソファーと、ダイヤル式の旧式の電話が置いてあるだけで、飾り気がなかった。白熱電球の光が、板張りの床の上で黄色っぽく弾けていた。

その日は、わたしが自分に純の〝お迎え〟を許した日だった。彼は制服のブレザー姿で、学生鞄とビニール製のスポーツバッグを提げて玄関ホールに入ってきた。

「お帰りなさい。」

「ただいま。」

どんなにありふれた言葉でも、純が口にすると耳の奥までしみ込んでくるような気がした。練習を終えたばかりの純の身体は、プールの清潔な匂いが残っていてみずみずしかった。髪の毛の湿り気がまだ微かに残っていると、わたしはもっとうれしかった。

「ああ、腹減った。」

純は二つの鞄を投げるのと一緒に、ぶっきらぼうに身体をソファーに沈めた。けれど不機嫌さはどこにもなくて、疲れさえもさわやかなプールの匂いに包まれていた。

「うらやましいわ。運動してお腹が減るなんて。わたしなんか何にもしなくても時間がくるとちゃんと忘れずに食べてる。そんな空腹って、あやふやで空しい感じなのよね。」

わたしは電話台にもたれて言った。

「彩ちゃんも、スポーツしたらいいのに。」

わたしはうつむきながら首を横に振った。

「スポーツは、やるより見てる方がずっと好きなの。」

見てる方が好き、という言い方にわたしは自分でびくっとした。わたしが一年近くもプールの観覧席で練習を見ていることに、彼は気づいているのだろうか。

あのひとときはわたしにとって秘密めいた時間だから、飛び込み台から一番遠い席に坐るようにしていたし、プールの入口で純や他の部員たちに出会わないように気をつけてもいた。彼が気づいていないとしても当然だった。同時に、そのことを少し残念に思う矛盾した気持ちも抱えていた。

純は一度も、きのうプールに来てたねとか、あそこで何してたのとか、わたしを困らせるようなことを口にしなかった。知らないから言えないのではなく、知っているのにわざと口にしないでいてくれるのなら、わたしの好きにさせてくれているのなら、二人の場所がもっと近づくのにと思った。

「今日、手首を痛めたよ。変な角度で水にぶつけちゃったんだ。」

「どっちの手?」

純は左の手首を取ってみせた。わたしは純の身体が傷つくことをとても恐れる。それだけ彼の身体は特別だったからだ。飛び込む瞬間をつかもうとしている時の、視線の鋭さや胸板の光沢や筋肉の輪郭は、普段遠くの方に忘れている肉感的な心地よさを呼び起こしてくれる。わたしにとって彼の身体は完全だったから、どんなに些細な部分でもそれが傷つくことは、わたしを不安にした。

「大丈夫？　インターハイの予選も近いんでしょ？」

「たいしたことないよ。」

純はあっさりと言った。

一粒でもしぶきを少なくして、針を突き刺すように入水するために、その瞬間純の手首は二つぴったり重なり合って、揺れる水の壁を突き破ってゆく。だから純の手首は、わたしが知っている他のどんな手首よりもたくましかった。

その時、奥の廊下からスリッパの音がパタパタと聞こえて、直樹が走ってきた。

「純兄ちゃんお帰り。ねえねえ、また逆立ちやってみせて。」

直樹はスピッツのように跳ね回りながら、純にまつわりついた。直樹は三つで、喘息持ちで、いつも声がぜろぜろしていた。

「うん、分った分った。また今度な。」

純は立ち上がるのと一緒に直樹を抱き上げた。純はひかり園の子供みんなに好かれていた。誰も純の怒った顔を見たことがない。彼はいつでも底無しに優しかった。わたしが純を好きなのと同じように子供たちも純が好きで、誰もが彼の身体のどこかに触れたがっていた。直樹を抱いたまま奥に入ろうとする彼に、手首、気をつけてね、と小さな声で言った。

「ねえねえ、今度っていつ？　逆立ちするだけじゃいやだよ、逆立ちしたまんま歩いてくれなきゃ。」

直樹のぜろぜろした声が、奥に消えていった。

ひかり園の生活のなかでわたしが一番奇妙に感じるのは、夕食の時間だった。台所と食堂が地下にあるということからして、奇妙だった。

教会もひかり園も、かなり古い洋風の木造建築だった。その古さは床板の一枚一枚、蝶番の一つ一つ、タイルの一個一個にまでしみ込んでいた。建て増しを繰り返したせいで造りは入り組んでいて、外からでも建物全体の形をつかむことができなかった。中はもっと複雑で、曲がりくねった廊下がだらだらと続き、あちこちに小さな段差があった。

ひかり園の玄関ホールを抜けて、迷路のような廊下を行くと、いつの間にか自分の居る場所が二階になっていることに気づく。中庭が窓の下の方に見えている。

廊下の突き当たりの床に、一畳分くらいの切れ目があって、端に頑丈な鉄製の取っ手がついている。その取っ手を引っ張ると、床が一畳分持ち上がって木の軋む乾いた音がする。天井からぶらさがっているもう一つの鉤《かぎ》型の取っ手にその床板を引っ掛けると、床がぽっかり空洞になる。そこが、台所と食堂へ続く急な階段だった。

　子供たちはみんな、秘密めいた隠し階段が好きだった。食事の時間になると、競争で床板を持ち上げたがって、必ず小さなけんかになった。保母さんや園長先生にたしなめられながら、子供たちは次々床下に潜り込んでいった。

　錆びた取っ手で手がざらつき、床板が古びた音で軋んで、何かおかずの匂いが階段を伝って立ち昇ってくる時、わたしはよく『アンネの日記』を思い出した。――回転本棚の後ろに隠れた階段、ひかり園と同じくらい入り組んでいる《隠れ家》の平面図、黄色いダヴィデの星、ノルマンディー上陸の進撃をピンで示した地図、ペーターやファン・ダーン夫妻やデュッセル氏との慎ましく重苦しい食事。――ひかり園の隠し階段を降りながら、わたしは自分の食欲がアンネと同じようにどんどん閉じ込められていくのを感じた。

　床下の食堂といっても、暗くじめついた雰囲気はなかった。大きな窓がいくつもあって、南側は中庭に面していたし北側の窓ガラスには雑木林の影が揺れていた。

　しかしここでも、あちこちにしみついている古さはどうしようもなかった。水切り棚の上に並んだフライパンや鍋は焦げ色に変色していたし、ミキサーやオーブンや冷蔵庫はどれも頑丈なだけの旧式のデザインだったし、木製の大きなダイニングテーブルにはひっかき傷が模様になって広がっていて、所々くぼんでいた。

子供たち全員が集まる、食べこぼしの屑にまみれた、ざわついた朝食はしょっちゅうわたしをうんざりさせた。夕食は、小学生以下の十人くらいの子供たちと、早朝礼拝のために早起きする父が先に済ませて、後からわたし、純、中三のレイ子、夜勤の保母、そして母が一緒に食べる習慣になっていた。食べ屑がきれいに掃き出された後の、大人たちだけの夕食の時でも、やっぱりわたしは何かにうんざりしていた。

母は、ひかり園の誰よりもどの子供よりも陽気で元気だった。特に夕食の時は、よく喋った。みんなと話せる話題を提供するという喋り方ではなく、自分に関わることだけを隅から隅までなめるようにして喋るのだ。

彼女の興奮した息遣いを聞いていると、そんなに喋り続けてこの人は自分で自分に嫌気がささないのだろうかと、わたしはひどく残酷な気持ちになった。

彼女が喋り始めると、他のメンバーは無口にならざるを得なかった。わたしの耳には、それでね、だけどね、ところがね、という接続詞と、彼女の声に時々混ざる咀嚼の音しか残らなかった。

彼女の喋り過ぎが純たちをどれくらい疲れさせているのか、わたしは段々不安になってくる。二匹の幼虫のように途切れることなくくねっている唇を、人差し指と親指でつまんで潰したくなる。もう中庭も真っ暗で、窓ガラスは深い緑色に沈んでいるのに、彼女の声だけがけばけばしく弾けている。レイ子と保母さんは、お皿に視線を落としたまま、時折小さく相づちを打っている。

その頃になると、純の髪の毛はすっかり乾いている。水に濡れていない純の身体は、一回り小さくそして穏やかに見える。

純は決して、彼女の喋り過ぎに溜息をついたりしない。押しつけがましく弾ける声に耳を傾け、丁寧にうなずき、旺盛に食べ、そして彼女がもっと喋りやすくなるように、適切な質問までしてあげる。彼女の声の波間に純の声がうまく滑り込んでゆくと、彼女は純の方に顔を向けてますますはしゃいで喋り続ける。

わたしは残酷な気持ちを持て余してうんざりしているのに、どうしてあなたはこんなにも優しくできるのだろう、と純の横顔を見ながら思う。飛び込み台を降りてひかり園に帰ってきた純の筋肉は、いつの間にか真綿のように温かくなっていて、直樹のぜろぜろした声や、子供たちがまき散らす食べ物の屑や、母の喋り過ぎや、そんなわたしの神経に引っ掛かるものを全部順番に吸い取っていってくれる。本当の純の父親は行方知れずで、母親は彼を見離してアルコールに溺れていったというのに、いったいどこで彼がその優しさを手に入れたのか不思議だった。彼の優しさの一番奥にある泉の水に身体を浸してみたい、そしてふかふかの真綿で身体を拭いてもらいたいと、わたしはいつも息苦しいくらいに願っていた。

上の方で、子供たちの足音がいくつも重なり合って聞こえていた。ちょうどお風呂の時間で、みんなシッカロールの白い粉をまき散らしながら、好き勝手に走り回っているのだろう。わたしは肉の脂身を箸でつつきながら、母のべたついた唇を眺めていた。それから、胸焼けした気持ちを洗い流してくれるような純の〝ありがとう〟が聞きたくて、彼にソースの瓶を回した。

彼女のおしゃべりはいつでも、食後のお祈りのためにみんなが両手を合わせて目をつぶるまで続いた。

日曜日のぼんやりした午後だった。父と母はラジオの宗教番組の録音のために出掛けていた。同じ部屋のレイ子は二段ベッドの上に寝そべって科学雑誌を読んでいた。純は、日曜日は毎週バレエのレッスンに通っていた。身体の線をできるだけ美しく柔らかくするために、飛び込み部の監督に勧められて最近始めたのだった。水滴の光に縁取られて、きらきらとくねりながら水に吸い込まれてゆく純の筋肉が、クラシックバレエのレッスンの時どんなふうな姿になっているのか、わたしは思い浮かべることができなかった。髪をシニョンに結って平板な胸を白いレオタードで包んだ少女たちに、わたしは嫉妬した。

純のいない日曜日の午後は、本当に時間がぼんやりうつむいているようだった。わたしは英語の予習をしながら、飽きると辞書をパラパラとめくって、アルバトロスや蒸留器や暖炉の薪のせ台やワッフル焼き型などの、簡素だけれど妙にリアルな挿し絵を眺めていた。

窓の外はすばらしい天気だった。金色のパウダーが舞い降りるように、陽射しがあたり一面に弾けていた。教会の壁には、くっきりと浮き出た銀杏の葉陰が揺れていた。カーテンをすりぬける風は、どことなく初夏の香りがした。

「今日は、お見舞いに行かないの？」

わたしは椅子を半回転させて、ベッドの上のレイ子に声を掛けた。

「ええ。今日はいいんです。」

レイ子は雑誌から目を離さずに言った。

彼女がひかり園に来たのは、ほんの半年程前だった。文庫本のぎっしり詰まった段ボール箱や流行遅れで少しくたびれた洋服類がこの部屋に運び込まれたあと、扉の後ろにレイ子が立っていた。わたしよりも背が高くて、たっぷりと太っていて、度のきつい眼鏡をかけていた。中学生なのに、中年のおばさんのように身体のあちこちがたるんでいた。

「よろしくお願いします。」

大きな身体を持て余すようにのっそりと、彼女は部屋に入ってきた。

レイ子のような年長の子供がひかり園にやって来るのは珍しかった。大抵の子供たちは乳幼児期をここで過ごし、その間に適当な里親を見つけて出ていった。ひかり園から高校に通ったのは、純が初めてだった。

レイ子の両親は、二人揃って精神科病院に入っていた。入院というよりももっと徹底的で絶望的な状態だった。退院して正常な生活に復帰できる見込みはないらしかった。

「あなたが顔見せないと、寂しがるんじゃないの。」

レイ子が両親の話をしたがらないことを知っていて、わたしはしょっちゅうその話題を持ち出した。わたしが思い描くことのできるあらゆる種類の不幸を、ここの子供たちは皆手にしていたが、その中でも両親が相次いで精神を病むというのは特別切ない巡り合わせのように思えた。

「寂しがってくれるようなら、わたしもうれしいんですけれど。」

レイ子は雑誌を伏せて眼鏡をはずし、ベッドの上で横坐りした。眼鏡をはずすと視線がどちらを向いているのかよく分らないくらい、彼女の目は小さかった。

「お父様もお母様も、もうとっくに、寂しがることなんかできなくなってしまったんですよ。」

彼女は時々、見た目の雰囲気とアンバランスなお嬢様言葉を遣って、わたしを不思議な気分にさせた。

「そうなると、あなたが三倍寂しい思いをすることになるのかしら。」

レイ子は神経質にまばたきしただけで、何も答えなかった。視線がぼやけている分だけ、彼女の感情を想像するのは難しかった。唇の形をなぞると、うっすら笑っているようでもあり、傷ついて言葉を飲み込んでいるようでもあった。ひっそりと冷やかな何秒かが過ぎた。

「ホックがはずれてしまったんです。」

不意にレイ子が、独り言のように言った。

「ホック？」

「そう。お父様とお母様とわたしの三人をくっつけていたホックが、弾け飛んでしまったんです。もう、修正不可能ですね。」

家族の間のホックがはずれる時は、どんな音がするのだろう。ぷちんと、果実の種が飛び散るような音だろうか。それとも何か薬品が化学反応を起こす時の、爆発するような音なのだろうか。

レイ子はぼやけた目つきでわたしを見下ろしていた。頬や顎や目尻にたっぷりとついた脂肪が、彼女の感情を覆い隠しているようだった。彼女はまた眼鏡をかけて横になり、雑誌をめくりだした。

ホックがちぎれてしまったあとの彼女の傷は、きっとささくれているのだろう。わたしには、生まれた時からどこにもホックなんかついていなかった。どちらも同じくらい不幸に思えた。

わたしは机に向き直って、意味の分らない英単語をノートに書き出した。さっきから段々に激しくなっている子供たちの騒々しさも、わたしたちの間に漂う透明な静けさを乱さなかった。

ひかり園にはいつでも、騒々しさがあふれていた。それは奇声や泣き声や乱暴な足音で構成されていて、ひかり園に宿る精霊のように、隅々にこだましていた。

その時、あわただしくドアをノックする音が聞こえた。わたしとレイ子が同時に返事をすると、リエを抱いたアルバイトの保母さんが入ってきた。

「これからみんな連れて御本部の教会のバザーに行くの。リエちゃんだけちょっと風邪気味だから置いて行きたいんだけど、いいかしら。」

彼女はリエを抱いた腕を揺すりながら、早口で言った。

「いいですよ。わたし見てますから。」

わたしは机から離れてリエを受け取った。

「レイ子さんも、一緒に行かない？」

保母さんは二段ベッドの上に声を掛けた。

「誘っていただいてありがたいんですけど、わたし、今日は他にやりたいことがありますから。」

レイ子は、いつもの、不似合いな丁寧さで断わった。

リエは一歳と五ヵ月で、ひかり園の中で今一番小さい子供だった。白いトレーナーの上に真赤なロンパースをはいて、小鼻の周りを鼻水で光らせていた。

子供たちのざわめきがひとかたまりになって、三人の保母さんに連れられて出て行った後、わたしはリエを抱いて裏庭へ降りた。

陽射しが眩しい分だけ裏庭の日陰も鮮やかで、そこにある三輪車やひび割れた植木鉢や雑草の葉一枚一枚の輪郭がくっきりと浮かび上がって見えた。勝手口のあたりには、酒屋に返すジュースのケースや、アスパラガスの絵のついた空の段ボール箱が無造作に積み上げられていた。

井戸の跡に植わっていた無花果の木は、いつの頃からか実をつけなくなって、今ではもう切り倒されていた。井戸の跡は、ひっそりとした土の盛り上がりだけになっていた。

リエはその土の盛り上がりに、子供用のスコップを突き立てて遊んでいた。わたしは少し離れた所でジュースのケースの一つに腰掛けて、リエを見ていた。

ゴムで絞ったロンパースの裾からのぞくリエの足は、バターの塊のように滑らかで白かった。赤ん坊の太腿ならどんな種類のものでも、黒ずんで染みが散らばっていても、発疹でがさついていても、太り過ぎて輪っかのすじができていても、わたしの目を引き付ける。赤ん坊の太腿は大抵、エロティックなくらい無防備で、そこだけ別の生物のように生々しく張り詰めている。

リエは右手のスコップですくった土を、左手に提げたおもちゃのバケツに移していた。さっきから何度も何度もそれだけを繰り返していた。そしてスコップの土がこぼれて自分の手にかかるとすぐに、まだ頼りない足取りでわたしの方にやって来た。透き通った水色の空と静かな日陰の境目を、リエの腿は危なげに踏み越えた。

「あん、あん、あん。」

リエは土のかかった手を差し出して、せがむような声を出した。たいして汚れてもいない掌に息を吹き掛けながら、わたしはごみを払ってやった。

リエくらいの歳の赤ん坊は、みんな不思議な匂いを持っている。それは、紙おむつのざらついた匂いと、離乳食のどろどろした匂いが混ざり合ったような匂いだ。リエには特別、銀色の包装紙を破いた時に広がる、胸焼けしそうな新鮮なバターの匂いも混ざっている。

リエは土遊びをしながら規則的に、二分か三分おきに、汚れた手を払ってもらいにわたしの所へやって来た。その単純な規則正しさは、段々わたしを残酷な気持ちにさせた。それはいらいらするという程不快なものではなく、秘密めいた心地よささえ含んでいた。わたしは最近よく、この〝残酷な気持ち〟に取りつかれた。赤ん坊の持つ不思議な匂いが、わたしの肋骨のすきまに隠れている〝残酷な気持ち〟を引っ張り出してきた。その時の微かな痛みが、慰めるようにしっとりと、胸の中を愛撫してくれた。

リエが背中を向けている間に、わたしはそっと勝手口の扉の陰に隠れた。リエはまたすぐに、手の汚れが気になり始めて、スコップとバケツを足元に落とすと、掌を交互に眺めていた。そして、そこにいるはずのわたしに救いを求めるように振り向いた。誰もいないことに気づいて、自分が取り残されたことに気づいて、彼女はスイッチがパチンと切り換わるように明確に泣き始めた。

　身体のどこかが破れてしまいそうなくらいの乱暴な泣き声は、わたしの〝残酷な気持ち〟を満足させてくれた。もっともっと泣いてほしいと、際限なく願った。今日のように、その泣き声を抱き締めて癒してあげる人が誰もいないなら、泣き声をわたし一人が心行くまで味わえるなら、そしてその子が何の事情も説明できないただの赤ん坊ならば、わたしはなおさらうれしかった。

　大人になるとみんな、不安や孤独や怖さや哀しさの隠し場所をどこかに見つけるのに、子供はそれらを取り繕ったりしないで、全部泣き声にしてまき散らす。わたしはその涙をゆっくりなめたいと思う。人の心のじくじくと膿んでもろくなっている所を、舌でこすってもっと傷つけたいと思う。

　乾いた風がリエのほつれた髪の毛を揺らしていた。時間が止まってしまったように、陽の光はさっきから少しも衰えずにずっと空一面で弾けていた。リエは息を継ぐ暇も惜しんで泣いていた。

　わたしが扉の陰から出てくると、彼女は一段と声を大きくして、バターのような太腿を震わせながら、わたしの身体に飛びついてきた。しっかりと力を込めて抱き上げてやると、泣き声は、どうして自分を一人にしたんだという怒りの気持ちを含んだ叫び声に変わった。そして、涙と鼻水で潤んだ頬を胸にこすりつけてきた。あの、赤ん坊だけが持つ不思議な香りが胸にしみ込んだ。

小さな子供は泣く時いつでも、誰かの胸に飛び込んでくる。広くてゆったりした胸に抱かれたがる。抱きしめられると、気持ちよく安らかになれることを、誰に教わる訳でもないのに知っている。その子供じみた傲慢さが、またわたしを残酷な気持ちにさせる。

わたしが飛び込み台の上の純の筋肉に包まれたいと願う気持ちも、こんな赤ん坊でさえもが知っている、傲慢な衝動とつながっているんだろうか。

わたしは、隣の雑木林との境のあたりに置いてある、備前焼きの壺に目をやった。それは以前ひかり園の廊下の隅に飾られていたが、地震の時倒れてひびが入ってから、ずっとここに忘れられていた。高さが大人の胸の所まであるような、大きな壺だった。わたしは息の荒いリエの背中を撫でながら、壺の前に立った。そして壺の口をふさいでいる朽ちかけた木の板をはずすと、リエを中にゆっくりと沈めた。

わたしはもっと、赤ん坊の泣き声を聞きたかった。もっといろいろな種類の泣き声を味わいたかった。

リエは両足を痙攣させたように縮めて、腕にしがみついてきた。ひどく怯えていた。

「大丈夫よ。そんなに恐がらなくても。」

わたしはリエのか細い指を振り払った。

壺の内側はひんやりと湿っていた。リエは激しくもがきながら、身体中の隅々から精一杯の泣き声を張り上げた。その声はざらついた壺の内側でぶつかり合った後、一筋にまとまって、溶けたステンレスのようなしなやかさでわたしの中を流れていった。わたしは壺が倒れないように口の所を両手でつかんで、外に出ようとするリエの無駄なもがきをじっくりと眺めていた。

わたしがひかり園で生まれてからずっと、毎日誰かの泣き声が聞こえていた。ふざけ合いやけんかや笑い声や怒鳴り声のすきまで、必ず誰かが泣いていた。わたしはその泣き声を、懸命に愛そうとした。わたしは、誰も里親になってくれる人のいない孤児だったからだ。ひかり園から出ていくことのできない、たった一人の孤児だったからだ。

今日のリエのような怯えた泣き声が、特にわたしを気持ちよくしてくれた。自分が今、一番撫でてもらいたい所に、ぴったり掌がおさまっている感じだった。その掌もあやふやなものじゃなく、特別な掌だった。わたしを上手に慰めてくれる、少しひんやりとした掌だった。

リエの泣き声の他には何も聞こえなかった。抱き上げてもらおうとして、リエは両腕を精一杯伸ばしていた。

「もう少しの間、泣いててちょうだいね。」

わたしの独り言は壺の中にこもった。壺の口にあごをのせて、リエの両手が空しく震えるのを眺めていると、うっすら忍び笑いが込み上げてきた。そのまま長い時間、リエの泣き声を味わっていた。

その日の夜、わたしは一度眠りに落ちた後、何のきっかけもなく急に目が醒めてしまった。暑くて寝苦しい訳でもなく、嫌な夢を見ていた訳でもなかった。今まで眠っていたのが嘘のように、頭の中がくっきりしていた。ぼやけた暗がりの中で、わたしの感覚だけが鮮やかに光っているようだった。

扉の向こうから子供たちの寝息が聞こえてきそうなくらい、静かだった。レイ子もよく眠っているようだった。彼女が寝返りを打つと、ベッドが重く軋んだ。枕元の目覚まし時計を引き寄せて見ると、二時だった。

二時間足らずしか寝ていないのに、わたしはもうたっぷりと休養を取った後のように爽やかだった。どんなに込み入った数式でも英作文でも解けそうな気分だった。朝までの時間の長さが信じられなかった。

その時、闇に溶けて広がる静けさの中で、微かに水の音がした。水の粒がぶつかり合う澄んだ音だった。耳から少しでも意識をそらすと消えてしまいそうな、慎ましい音だった。清らかな水のしぶきを思い浮かべながら耳を澄ましていると、余計にわたしの気分も冴えてきた。

わたしはベッドから抜け出して、窓の外を見た。何も動いている物はなかった。銀杏の木も『今週のみ教え』も門をつなぐ錆びたチェーンも全部が眠っていた。ただ遠くから聞こえてくる水の音だけが、耳の奥で動いていた。その音を頼りに、わたしはそっと部屋を出た。

踊り場の蛍光灯が一つだけ点いていたので、廊下は部屋の中より少しだけ明るかった。四つある子供部屋の扉はどれもひっそりと閉まっていた。床板の木目が素足に吸い付いて、ひんやりとした。

階段を降りてゆくと、水の音は段々にはっきりしてきた。わたしは地下の食堂につながる、ひかり園で一番長い廊下の端に立った。ずっと奥まで続く暗がりの、真中あたりがぼんやり明るくなっていて、そこで水の音が弾けていた。そしてそこに純が立っていることに、わたしはすぐ気づいた。

純はトイレの向かいにある、蛇口の四つ並んだ洗面台で水着を洗っていた。

「どうしたの、こんなに夜遅く。」

わたしは石けんの泡と水滴に包まれた純の手を見ながら言った。

「ごめん。水の音がうるさかったかな。」

こんな夜更けの暗がりの中でも、純の喋る言葉は、はっとするくらい素直で鮮やかだった。純も少しも眠そうには見えなかった。

「こうやって夜中に水着洗濯してると、ゆっくり集中して飛び込みのことを考えられるんだ。」

「飛び込みのこと？」

「そう。飛板の助走のステップのリズムとか、踏み切りのタイミングとか、入水点のつかみ方とか、そんなことさ。」

純は喋りながら手は休めなかった。

「完璧な演技を何回も繰り返してイメージしておくと、実際飛び込み台に立った時、思い描いた通りに飛び込めるような気分になるんだ。」

純は水着をタイルにこすり付けたり裏返したりしながら、丁寧に洗っていた。その、一生懸命に動く指先が、何かとてもいとおしい物のように思えた。どうして純はいつもこんなに無垢なんだろうと、わたしは純と一緒の時しょっちゅう考えた。

「へえ。純ちゃんは本当に、飛び込みが好きなのね。」

それより他に言葉が思い浮かばなかった。

「うん。好きだよ。」

スキダヨという言葉が、わたしの胸で何度も響いてなかなか消えなかった。その言葉がわたしだけの物なら、どんなに安らかになれるだろうと思った。

「飛び込んでる間、ほんの零コンマ何秒かの間は本当の無心になれるからね。」

そう、確かに飛び込み台から水面までの空中にいる時の純は、どの純よりも美しかった。純の優しい言葉も仕草も全部が筋肉の美しさに包まれて落ちていった。だからいつもプールであなたを見てるのよ、とわたしは胸の奥でつぶやいた。

四枚の鏡に、パジャマ姿の純とわたしが映っていた。今家中で、二人の周りの空気だけが呼吸しているようだった。窓ガラスの向こう側も廊下の端も真っ暗で、ここだけに光が集まっていた。二人で特別な時間を過ごしているような気分だった。

純のパジャマの前は、水しぶきでうっすら濡れていた。ゆったりしたパジャマの内側に隠れていても、わたしは簡単に純の筋肉のラインを思い浮かべることができた。わたしはいつでも何かに怯えて泣いている子供で、純の筋肉に抱き上げてもらいたがっていた。

「わたしも手伝うわ。」

これ以上黙っていると、次々沸き上がってくる純への願いで押し潰されそうだったので、わたしは気分を変えるように明るく言った。

「ありがとう。」

わたしは純の隣の蛇口をひねって、泡だらけの海水パンツをすすいだ。あまり大きな音を立てると、二人のこの特別な時間が破れてしまいそうだったので、水はほんの少ししか出さなかった。海水パンツは全部で五枚あって、どの柄にも見覚えがあった。飛び込み部に入った時初めて買った分、去年のインターハイの時部費でそろえた分、この前の誕生日に子供たち全員でプレゼントした分。わたしは一枚一枚正確に思い出すことができた。

純の息遣いをそばで感じながら水に手を浸していると、しみじみと懐かしい気分になってきた。純の筋肉の一番近い所にある水着に触れていることが、ただ単純にうれしかったのかもしれなかった。純の身体が持つ特別な意味など考えもせずに、無邪気にじゃれ合っていた子供の頃の自分を思い出していた。

「ねえ、この廊下に雪が積もった日のこと覚えてる？」

わたしはタイルを流れてゆく泡を見ながら言った。

「雪が積もった？　この廊下に？」

純はわたしの横顔を覗き込んだ。

「そう。十年くらい前よ。その日、何だかわくわくするような夢を見てて、それですごく早く目が覚めちゃったの。窓の外を見たら大雪だったわ。今まで見たこともないくらい、何もかもが徹底的に真っ白だったの。子供部屋のみんなは、まだ誰も起きてなかったわ。わたし、ワーって叫びたいような気分でベッドを飛び出して、階段を走って降りたの。そうしたら、ここの廊下が真っ白だったのよ。端から端までぴっちり。廊下に雪が積もってたのよ。」

「本当？　そんなことがあったかな。でも、どうして家の中に雪が積もったりしたんだろう。」

「廊下の屋根にすきまができてたのよ。そこから雨漏りするみたいに雪が吹き込んだの。雪が溶けた後、修理屋さんが来て屋根の上で板打ち付けてるのまで覚えてるわ。ねえ、まだ思い出せない？」

純は首をひねってから、

「でも、段々、思い出せそうな気分になってきたよ。」

と言った。

「がんばって思い出して。あんな素敵な場面を忘れちゃうなんて、もったいないもの。とっても不思議な光景だったわ。家の中に雪が積もってるのよ。まだ誰の足跡もついてない、無傷の白さがキラキラ水晶みたいに光ってたの。」

わたしはすすぎ終わった一枚めの海水パンツを固く絞って、鏡の前に置いた。純が二枚めの泡だらけの海水パンツを掌に載せてくれた。

「わたし、どうしていいか分らないくらいびっくりして、感動して、廊下の端に立ってた。静かだったわ。世の中で今目覚めているのは自分だけだっていう気がした。でも本当はそうじゃなかった。わたしの他にもう一人、その信じられない廊下の雪を眺めてる人がいたの。」

「誰？」

純の声と視線をわたしは肩先に感じた。

「あなたよ。純ちゃんよ。あなた、いつの間にかわたしの後ろに立ってたでしょ。もうずっと前からそこにいたみたいな顔して。ブルーの地に小熊とみつばちの絵がプリントしてあるパジャマを着てたわ。」

純はしばらくの間手を止めて、それからぽつりと言った。

「彩ちゃんのパジャマは水玉だった。」

「そう。二人きりで、パジャマ着て、立ってたの。今日みたいに。」

わたしは、二枚めの海水パンツを鏡の前に並べた。

雪の冷たさや柔らかさが、足の裏から思い出されてきた。あの時も、二人きりで特別な時間を過ごしたのだ。現実から遠く離れた所で夢を見ているような気もしたけれど、雪に触れたり純とじゃれ合ったりする時の感触はピンと研ぎ澄まされていた。二人だけで特別な場所に閉じ込められたことが、うれしかった。今よりもずっと子供だったから、その分だけ余計にうれしかったのかもしれない。まだ、切なさも胸苦しさも知らなかった。

「純ちゃんが最初に、飛び込もうって言ったの。わたしが怖がって後退りしたら、大丈夫だよ、きっと気持ちいいよって言って、純ちゃん、大の字になってばたんと雪の上に倒れ込んだの。そうしたら、雪にくっきり純ちゃんの型が残った。二人で笑ったわ。秘密の遊びを他の誰かに取られないように、小さな声で。純ちゃんに背中を押されてわたしも飛び込んだわ。全然痛くなかった。雪の一粒一粒が目の中一杯に広がってた。」

「楽しかったね。あの時は。」

「うん。ホント。」

もう二度とあんな楽しさは返ってこないような言い方を、純はした。でもそれは本当のことだった。これから先のわたしたちの間柄の移り変わりを想像するのは、とても難しかった。そういう種類のことを考えると、いつも切なくなった。

今から十年たって、あの日夜中に二人で海水パンツ洗濯したね、としみじみ話せるとはとても思えなかった。ひかり園の子供はみんな、わたしを置いて順番にここを出て行くのだ。もう数えきれないくらいの子供を、部屋の窓から見送った。新調の服を着せてもらって、新しい家族に守られて、『今週のみ教え』の角を曲がって行く子供の背中が、いつ純の背中になってもおかしくなかった。だから今は、こうして二人共通の場面を思い出せることを、うれしく思いたかった。

そうすればしただけ、リエを泣かせた昼間の残酷な気持ちが流れ出ていくかのように、わたしはできるだけ丁寧に大切に、海水パンツを洗った。純と一緒にいる時は、廊下に積もった雪に感動してたたずんでいた時のような、澄んだ自分のふりをしなければいけなかった。純は、清らかな水にしか飛び込まないだろうから。そして純に、わたしの中をノースプラッシュで貫いてほしかったから。

思い出話が終わると、もうお互いに喋る言葉が見つからなかった。二人の間をこぼれ落ちてゆく時間の音が、水の音とすり変わって、夜の果てまで細く連なっていった。

爽やかな季節はあっという間に過ぎ去って、気がつくと毎日雨ばかり降っていた。昆虫の羽音のような弱々しい雨が、ひかり園の緑を濡らしていた。途切れそうで途切れない憂鬱な雨の中で、毎日がだらだらと過ぎていった。学校にいる間は大抵ぼんやりしていて、図書室や売店で純を見かけた時だけ、目が覚めたように明るく微笑むことができた。授業が終わると真直ぐに、ダイヴィング・プールのある運動公園に行った。プールの観覧席に坐って初めて、わたしは自分のいろいろな感覚が動き始めるのを感じた。

ひかり園の生活も、うんざりするくらい変わりなかった。子供たちのざわめきがあふれ、はしゃいで喋りすぎる母との夕食があって、二段ベッドの上には太りすぎのレイ子がいた。

雨が続くようになってから、ひかり園の地下のダイニングキッチンではいろいろな物に黴が生えた。誰かが残してきた給食のコッペパンには次の日青い黴が生えて、保母さんが焼いてくれたアップルパイには三日めに白い黴が生えた。残飯用のポリバケツに放り込まれたそれらのグロテスクな食べ物は、わたしをまた残酷な気持ちにした。このポリバケツにリエを閉じ込めたら、やっぱりこの前のように怯えて泣くだろうか。泣いて泣いて、涙と汗と鼻水で身体中がぐっしょり濡れて、しばらくすると滑らかな太腿に、色粉で染めた綿毛のような黴が広がっていくのだろうか。地下のポリバケツを見るたびに、わたしはリエの太腿に生える黴のことを想像した。

　日曜日の午後、わたしは遊戯室にいた。まだ幼稚園に行っていない歳の子供が三人、おもちゃをいっぱいに広げて遊んでいた。リエもその中にいた。

　季節はずれの台風が日本海に抜けた後で、雨は降っていなかったが風が強かった。わたしは窓のそばの椅子に坐って、嵐の音を聞いていた。

　おもちゃを取り合う小さなけんかが起こって、リエが泣きだした。わたしは窓を離れてリエを抱き上げた。彼女はしゃくり上げながら、わたしのブラウスのボタンのすきまに指を滑り込ませた。彼女は甘える時、よくこうしてか弱い指で胸を求めた。

「今日は外に出て遊んじゃいけませんよ。風で遠くに飛ばされちゃうんだからね。」

　残りの二人にそう言い聞かせて、わたしはリエを連れて自分の部屋に戻った。

　レイ子は両親に会いに、電車で三時間もかかる精神科病院に出掛けていた。リエはすぐに機嫌を直して、レイ子が机の下に積み上げている英会話のカセットテープや、修学旅行のお土産のペナントや、電池の切れた懐中電灯などを引っ張り出そうとしていた。彼女はもう、裏庭の壺に閉じ込められて散々泣かされたことを忘れてしまったのだろうか。リエの背中を見ながら、わたしは思った。

ひかり園を囲んでいる緑全部が荒々しくぶつかり合って、重たい音を響かせていた。ひかり園に吹き付ける風の音は、緑が多い分だけ余計に激しく聞こえた。風の幕がひかり園全体をすっぽり覆っていた。

リエは机の下に半分隠れて、一つ一つがらくたを手に取ってなめていた。バターを連想させるあの太腿は、床にぺったり貼りついていた。これくらいの歳の赤ん坊を、わたしはいつも特殊な生き物に出会った時のような目で眺めていた。動物園で珍獣を眺める時の目に似ていた。かわいがってやりたい、慈しんでやりたいと思いながら、そのやり方がよく分からない。飛び込み台の上の純の身体が、ほとんど無意識のうちにわたしを気持ちよくしてくれるのと反対に、赤ん坊や珍獣はわたしの気持ちを凍らせるのだ。

わたしは半分開いた自分の机の引き出しから、紙製の小さな白い箱がのぞいているのに気付いた。それは四、五日前にわたしが食べ残したシュークリームの箱だった。

その日も朝から細かい雨が降っていた。ポプラ並木に囲まれた運動公園は、雨のベールをかぶって薄暗かった。わたしは今日純が練習していた、飛び込みの型や難易率について考えながら歩いていた。サッカー場にも野球場にも人影はなくて、ポプラの向こう側を走る車の音だけが響いていた。

運動公園を出て横断歩道を渡った所に、新しくケーキ屋がオープンしていた。壁も天井もガラス張りで、温室のような店だった。ショーケースの奥の厨房にある、オーブンのつまみや生クリームの絞り出し袋やデコレーション用のパレットナイフまでもがはっきり見えるくらい、透き通ったガラスだった。入口にはお祝いの花がたくさん飾ってあった。

どうしてその店に入ろうと思ったのか、自分でもよく分らなかった。それ程お腹がすいている訳でもなかった。ただ、煙のように立ちこめている灰色の雨の中で、そこだけあまりにもキラキラと透き通っていたので、目が離せなくなってしまったのだ。ダイヴィング・プールの水面の光を思い出したからかもしれなかった。

店の中は十分すぎるくらい明るかった。わたしの他に客はいなかった。閉店時間が近いらしく、ショーケースのケーキは残り少なくなっていた。ケースのガラスも曇り一つなく輝いていた。

ケーキはどれも精巧な紙細工のようだった。わたしは腰をかがめて一つ一つのケーキを眺めた。フリルのたくさんついたエプロンを着て、若い店員が微笑みながら注文を待っていた。わたしは、ケースの左隅に慎ましく残っていた三個のシュークリームを指差して言った。

「これください、三つ。」

フリルの彼女はたった三つのシュークリームを大事そうに箱に詰め、包装紙を掛けたりシールを貼ったりリボンをつけたりしてくれた。

傘をさして学生鞄を提げたうえに、ケーキ屋の小さな箱を持つのはなかなか難しかった。ひかり園に着くまでの間ずっと、わたしはその小さな箱に気を取られていた。

シュークリームは、レイ子と一緒に一つずつ食べた。彼女は、あのひどく丁寧な言葉遣いで礼を言った後、二段ベッドの上でもそもそと食べた。もう一つは箱に入れたまま、机の一番下の引き出しにしまった。

その引き出しを開けるたびに、三角定規やホッチキスやプリントの束の間から、場違いな感じで白い箱がのぞいていたが、わたしはすっかりシュークリームのことを忘れていた。

わたしは壊れ物を扱うように慎重に、箱を取り出した。指先には妙に力が入っていたのに、一個のシュークリームは頼りないくらい軽かった。けばけばしくて気味の悪い黴の色を思い浮かべて箱を開けると、シュークリームは見た目少しも変わりなく納まっていた。皮はふっくらふくらんだままで、上品なきつね色をしていた。

「リエ、いらっしゃい。いい物あげる。」

リエは振り向いて、白い箱の中身に気がつくと、無邪気な一生懸命さでわたしの膝に飛びついてきた。

シュークリームを二つに割った時初めて、それが特別なシュークリームだと分った。卵や砂糖やミルクの甘い匂いはどこにもなくて、熟れてないグレープフルーツのような酸っぱい匂いがした。リエがクリームの中に唇を埋めると、酸っぱい匂いはわたしたちの周りを広がっていった。その匂いだけでわたしは胸がつかえているというのに、リエのあどけない唇や舌やのどはどんどんシュークリームを飲み込んでいった。そのひたむきさが、切ないくらいに心地よかった。

「おいしい？」

わたしの声は、風の音に紛れて消えた。

リエの残した半分のシュークリームは、白い箱と一緒に潰して、地下のポリバケツの中に捨てた。

夜になっても風は止まなかった。蒸し暑くて寝苦しかった。うとうとしかけてもすぐに、気持ちの悪い暑さがわたしを夢から引きずり出した。窓を開けると湿った重たい風がまつわりついてきて、かえって汗が出た。レイ子は精神科病院から戻ってきて、両親からお土産にもらったらしい外国製のチョコレートを三、四個なめた後、歯も磨かずにすぐ眠ってしまった。彼女の甘ったるい寝息は、ますますわたしを眠りから遠ざけた。

どれくらいの時間がたったのか目覚まし時計で見ようと思った時、廊下で大人の足音がした。どこかの部屋の扉が開いたり閉まったりして、不安そうな小さなざわめきが聞こえた。わたしは汗っぽい布団を足元の方に蹴って、パジャマの胸のボタンをもう一つはずした。上のベッドの底板をじっと見つめながら、そのざわめきを聞き取ろうとした。眠気はすっかり消えてしまって、わたしの神経は段々に冴えてきた。

しばらくして、ざわめきの中に母の声が聞こえた。沈んだトーンの中で、彼女の声だけは相変わらず尖っていてひとりよがりで興奮していた。いつもの、わたしをうんざりさせる彼女の声のおかげで、わたしはすべてのことが分ってしまった。

半分のシュークリームを白い箱の中で潰した時の柔らかさや、ポリバケツのグロテスクな食べ物にシュークリームがなじんでゆく様を、昔見た夢のように思い出していた。いつ忘れてもおかしくないくらい、遠くてあやふやな記憶だった。

　しかし、外のざわめきはどんどん広がって無視できない騒ぎになっていった。眠りの深いレイ子までもが目を覚まして、上のベッドから身を乗り出してきた。

「何かあったんでしょうか。」

　わたしはレイ子の声を無視してベッドから起き上がった。妙に身体のあちこちが硬くなっていた。眠れそうで眠れなかった何時間かのせいで、わたしは随分疲れているような気がした。

　部屋の扉を開けると廊下は全部の電気がともっていて、きつすぎる光にあふれていた。目の奥が痛んで、すぐに目を開けられなかった。

「彩ちゃん、彩ちゃん、大変なのよ。リエちゃんがねえ、ひどく吐いたり下痢したりしてもうぐったりなの。熱も高いし唇なんてかさかさだしおまけに変な湿疹までできてるのよ。どうしちゃったのかしらねえ、本当に。わたしは救急車呼んだ方がいいって言ったのに、お父さんが信者さんのほら、あの駅前の西崎クリニックの西崎先生に頼んだ方がいいって言ってね。その方が神様のお陰が頂けるだろうって言うのよ。だから今電話してるとこなの。こんな夜中にねえ、大変なことになっちゃって。もう神様にお願いするしかないねえ、彩ちゃん。」

母はくたびれた寝巻の胸元を押えながら、一息にそれだけのことを喋った。夜勤の保母さんや住み込みの職員たちは、眠りから抜け切れないだるさと、不安が一緒になったような沈んだ表情で、母の周りに立っていた。彼女の興奮した声と息遣いは、ぎりぎりの所を越えて、はしゃいでいるようにさえ聞こえた。——どうして聞いてもいないこと、そんなにべらべら喋れるの。いちいち説明してくれなくても、もう分ってるのよ。——痛む目頭に手を当てて、わたしは思った。

　その時、純が階段を上ってきた。

「西崎先生と連絡取れました。すぐ連れていらっしゃいって。」

純はそう言いながら子供部屋に入ると、リエを抱いて出てきた。純の腕の中にリエは濡れた雑巾のようにぐったりしていた。頬や手や太腿に薄い薔薇色の斑点が出ていた。腐ったシュークリームのせいで、リエの内臓も一緒に腐ってしまって、薔薇色の黴が生えたようだった。

　純はリエを抱いて階段を走り降りた。みんなぞろぞろと後をついていった。玄関の前で、父が車のエンジンをかけて待っていた。純はリエを抱いたまま車に乗り込んだ。わたしはリエの何十倍も純の方が気懸りだった。純の、真心に満ちて迷いがなくてきびきびとした仕草から、目が離せなかった。リエがこんなになってしまったのはわたしのせいなのに、わたしはただぼんやり立っているだけで、純はたくましい腕でリエを優しく包んでいる。そのことがわたしを切なくした。純の清らかさがいとおしくてどうしようもなかった。

何か突飛なことが起こる時いつも、わたしが川に落ちた時も、台所でぼや騒ぎがあった時も、地震で食器棚が倒れた時も、純はすぐに一番いい方法を見つけてみんなを安心させてくれた。どうしてそんなに一生懸命優しくなれるのかを考えると、わたしは物悲しくさえなった。

夜の風の中を、エンジンの音が通り抜けていた。

「すぐに様子を知らせて下さいよ。わたし電話の前で待ってますからね。入院なんてことになったらいけないからちゃんと準備しとかなくちゃね。だからとにかく、お父さん、純ちゃんすぐに電話してよ。」

車が動きだしてもまだ、母は叫んでいた。彼女以外のみんなは無口に部屋へ戻っていった。

「ねえ、大したことなければいいけどね。」

母が話し掛けてきたけれど、わたしは夜の風の中でゆっくり純のことを考えたかったから、あいまいにうなずくだけで何も答えなかった。

やはりわたしはダイヴィング・プールに来ていた。残酷な気持ちをたっぷり味わった後は、余計にプールが恋しくなる。天井のガラスに反射する波のきらめきや、清潔な水の匂いや、そして何より純の濡れた身体が残酷な気持ちを洗い流してくれるような気がする。たとえひとときでも、自分を純のように清らかにしたいと思う。

結局リエはあのまま入院することになった。何もかもすっかり吐き出してしまった後、ミイラのようにぐっすりと二日間眠り続けたらしい。看病に通っている母の詳細な説明を聞きながら、わたしは、腐ったシュークリームはもう跡形も無くなってしまったんだな、と思った。

もしリエが死んだりしたら、どうするつもりだったんだろう。自分がしたことのつじつまをどうやって合わせるつもりだったんだろう。わたしはよく分らなかった。あの残酷な気持ちがどこから沸き上がってくるのか、全然分らなかった。だからリエがあんなに打ちひしがれてぐったりしていたのに、後悔することさえ忘れて、純の腕や胸や背中を見ていたのだ。

ダイヴィング・プールは相変わらず温かかった。水の音と人の声が混ざり合って靄のように立ちこめていた。観覧席にはわたしより他に誰もいなかった。隣の競泳用のプールとその向こうの子供用のプールは、ここよりずっとにぎやかだった。ダイヴィング・プールではただ、水の膜を破る短い音が繰り返されるだけだった。

純の水着は藍色で、ウエストラインに校章が縫い付けられていた。廊下に雪が積もった日のことを思い出しながら、一緒に洗濯した水着の一枚だった。水着はもう十分にプールの水を吸い込んで、純の腰にぴったりなじんでいた。飛び込み台の一番端までくる間に、純はいつもの癖で両方のリストバンドに手を触れる。そしてたっぷり時間をかけて、足の位置を決めるのだ。

「後ろ宙返り2回半蝦型。」

いい飛び込みだった。身体が真直ぐ直角に水を突き抜けて、しぶきがほとんど飛び散らなかった。小さな泡が沸き上がった後、水面はすぐに滑らかになった。

わたしはひねりや抱え型よりも蝦型が好きだった。身体を腰から折って、両足を真直ぐ爪先まで伸ばした形は、全部の筋肉が精一杯に緊張していて美しかった。向こう脛のあたりに純の額が微かに触れて、掌が膝の裏側を包む、その繊細な形も好きだった。

純の足のラインがコンパスのように円を描きながら落ちてゆく時、わたしは純の身体を自分の身体の内側に感じることができた。わたしの中を愛撫しながら純は落ちていった。きつく抱き合うよりも、もっと密着していて暖かくて安らかだった。純と抱き合ったことなどないのに、わたしにはそのことがよく分った。

わたしは一つ大きな息を吐いて足を組み替えた。純以外の部員たちが次々飛び込んで、その合間に監督の声がハンドマイクから響いた。競泳用のプールでは、水泳部員たちがただひたすらに泳いでいた。マネージャーの女子生徒はスタート台の上から半分身を乗り出して、ストップウォッチでラップを計っていた。誰もが休みなく一生懸命だった。何もしていないのは、わたしだけだった。

わたしはここで、ただ自分を気持ちよくしているだけだった。

ダイヴィング・プールから更衣室の前の通路を抜けて、自動販売機の並ぶロビーまで来て初めて、雨が降っていることに気づいた。観覧席にいた時はプールの水の音に邪魔されて、外の雨の音にまるで気がつかなかった。その日は一日、薄い陽の光が射していたので、あまりの急な風景の変化にわたしは面くらった。しかも生易しい雨ではなかった。雨が水のカーテンになって運動公園を覆い隠していた。ポプラ並木も野球場のスコアーボードもサッカー場の芝生も、雨の色に染まって霞んでいた。地面には一面、大粒のしぶきが噴水のように弾けていた。

　わたしはどうすることもできずに、自動扉の前に立っていた。駅までどんなに走っても五分はかかったし、この雨なら五秒でびしょ濡れになりそうだった。濡れた制服でラッシュの電車に乗るのは憂鬱だった。

　ロビーのソファーは、同じように手持ち無沙汰で雨を眺めている人で一杯だった。公衆電話からタクシーを呼んで帰って行くグループもあった。

　仕方なく自動扉を抜けて外へ出た。雨の匂いがした。雨が土を溶かす匂いだった。わたしはひさしのついたステップに腰掛けた。地面から跳ね返ってくる雨のしぶきが、時々ソックスにかかった。

　純は今頃、プールサイドでミーティングをしているか、シャワーを浴びているはずだった。純が出てくるまでに雨が止むかどうか、自信がなかった。こんな所でぼんやり坐っている自分を純に見られたら、どんな顔で彼と向き合えばいいのだろう。純は大好きな飛び込みの練習を、いつものひたむきさでこなして、涼やかに出てくるのだろう。そしてわたしの中には、プールの水でも流し切れなかった、リエの泣き声や薔薇色の発疹のかけらが残っている。

　わたしは決心して、雨の中に飛び出そうとした。その時、

「彩ちゃん。」

純の声がわたしを引き止めた。振り向くと、彼は一段上のステップに立ってわたしを見下ろしていた。その表情があまりにも思い描いていた通りに涼やかだったので、しばらく純の斜めの視線を受けたまま、言葉を探すことができなかった。

「ひどい雨だなあ。」

純は遠くの方に目を移して言った。

「うん。」

わたしたちはステップに並んで、しみじみと雨を眺めた。ステップの幅は狭かったので、お互い濡れないようにぴったり寄り添わなければいけなかった。純の提げたビニールのスポーツバッグが、スカートの上からわたしの足を撫でた。

どうしてこんな所にいるのかを最初に聞かれなかったことで、わたしは何か許されたような、安心した気分になった。降りは前よりひどくなって、もうほとんど雨の他には何も見えなかった。

「他の部員の人たちはどうしたの？」

身体が近づき過ぎていて、純の方に顔を向けることができなかったので、わたしは前を向いたまま聞いた。

「コーチの車に相乗りして帰ったよ。」

純も雨から目をそらさずに言った。

「どうして純ちゃんはみんなと一緒に帰らなかったの。」

「彩ちゃんを見つけたからさ。」

「そう……」

わたしは本当はその後に、ありがとうとか、悪かったわねとか、ごめんなさいと言いたかった。それなのに何故か口からこぼれた言葉は、現実的で味気ないものだった。

「傘、持ってる？」

純は首を横に振った。

「このひどい降り方じゃあ、傘持ってたってしようがないよ。こんなすごい雨、滅多に見られるもんじゃないから、もう少しここにいようよ。」

こ・こ・に・い・よ・う・よ、という言い方がわたしの中にしみてきた。わたしはそれをゆっくり味わった。その言葉が、ここにいたい、君と一緒にいたい、という響きに変わっていくような気がしたからだ。

ちぎれるくらい激しくワイパーを動かしながら、タクシーが一台止まった。水泳教室を終えたらしい小学生と付き添いの母親たちが四、五人、飛び跳ねるように自動扉を抜けてタクシーに乗り込んだ。彼らのあわただしい足音も、タクシーのエンジンの音も、雨に消されていた。純の息遣いと、遠くの方で鳴っている雷の音だけが、雨の隙間をくぐってわたしの耳に届いていた。

ポプラ並木と空の境目で、時々小さな稲妻が走った。そのたびにわたしたちは、あっ、と声を上げて稲妻の方を見た。それは、暴力的な稲妻ではなく、もっときれいではかない光だった。わたしたちはポプラ並木を目でなぞって、今度はどの木の上が光るのか、打ち上げ花火を見上げる時のようにわくわくしながら待っていた。

純の右肩が雨のしぶきで濡れていた。制服の白いシャツが肩の曲線に貼り付いていた。けれど純はそんなことに気づきもしないで、子供のような熱心さで稲妻を探していた。

純と一緒の時、わたしはよく子供の頃のことを思い出した。二人きりで過ごした、ひかり園の中のいろいろな場面を繰り返し思い出した。無花果のミルクで遊んだ日や、廊下に積もった雪で遊んだ日に、そばにいてくれたのは、わたしだけが知っている純だった。学校の友達も飛び込み部の部員もひかり園の子供たちも知らない純の表情を、大切な手紙のように束ねてしまっていた。そして時々、封筒から便箋を取り出して、破れないように丁寧に広げて眺めるのだ。

でも、知らない間に手持ちの手紙はどんどん色褪せてもろくなっていった。新しい封筒が増えなくなってしまったのはいつ頃からだろう。純もわたしも子供でなくなった頃からだろうか。だとしたら、わたしが純を今のような胸苦しさで思うようになってからだ、という気がした。

雷が遠ざかるにつれて、稲妻も細くなっていった。しかし雨は少しも弱まらなかった。純のシャツの濡れは肩から腕の方にまで広がっていた。わたしは冷たくなっているかもしれない彼の右腕が、気になってしようがなかった。

「中に入りましょうよ。」

わたしは彼の肘を引っ張りながら言った。純は最後の稲妻を確かめてからうなずいた。

わたしたちはロビーを抜けて、ダイヴィング・プールに戻った。飛び込んでいる人はもう誰もいなかった。海水パンツにTシャツ姿のプールの職員が何人か、飛び込み台やビート板やプールサイドをモップで掃除していた。電気は半分くらいが消されていて、いつものダイヴィング・プールと随分雰囲気が違っていた。雨の降っている外よりも、ずっと夕暮れが深まっているような感じだった。観覧席の最上段のてすりに、ぼんやりもたれているわたしたちの視線の先には、薄暗い水面が揺れていた。

「何だか、不思議な気分がするわ。」

わたしは純の横顔を見ながら言った。

「どうして？」

純もわたしの方に顔を向けた。

「ここにいる時は、いつもわたし一人だったもん。わたしは観覧席に坐ってて、純ちゃんは飛び込み台の上で、他に知ってる人は誰もいないの。なのに今日は、すぐ隣に純ちゃんがいるから。」

「いつも、練習見ててくれたんだね。」

感謝のこもった暖かい純の言い方のお陰で、わたしは素直にうなずくことができた。

――そう、落ちていく純の筋肉で、わたしの内側を愛撫してもらってたの。――

わたしは決して口に出せない言葉を、胸の中でつぶやいた。

「授業が終わったら真直ぐここに来て、ただじっと見てるだけ。他に何もやりたいことが思い浮かばないの。自分では何も作らないし、汗もかかないし、疲れもしない。まるで恍惚の老人みたいでしょ。」

「そんなふうに自分をいじめない方がいいと思うよ。彩ちゃんは、自分が何をしたいか捜してる途中なんだよ。迷ってるだけさ。」

「わたしって、迷ってるのかなあ。」

「うん、そう思う。」

純はうなずいた。

自分が本当に迷っているのかどうか、自信がなかった。なのに純があんなにも明快にうなずいてくれたので、気持ちを乱されずにすんだ。安らかな気分のまま、自分が今やりたいことについて考えてみた。それはとてもはっきりしているようで、実はあやふやなもののようにも思えた。

リエを泣かせることと、純の濡れた筋肉を眺めること。

それだけだった。わたしを気持ちよく慰めてくれるのは、その二つだけだった。はっきりしているのに、誰にも、もちろん純にもうまく説明できない種類のことだった。

モップのこすれる音が響いていた。プールの栓が抜かれているらしく、いつの間にか水面が随分下がっていた。今まで水に隠れて見えなかったプールの内側の模様が、姿を見せ始めていた。

「純ちゃんには迷いなんてないように思えるわ。」

わたしは足元に置いた学生鞄を爪先で軽く蹴りながら言った。

「飛び込んでる時は、迷ってる暇なんてないからね。」

純はてすりを両手で握って、懸垂するように身体を揺らした。

「僕は生まれ方自体、すごく歪んでるから、飛び込み台に立った時くらい迷いなく真直ぐ落ちていきたいと思ってる。」

わたしはてすりをつかんでいる、強固な純の指を見ていた。

「本当のお父さんとお母さんのこと、恨んでるの？」

「いや。顔も覚えてない人のこと、恨んだりできないよ。」

少し間を置いてから、純はそう言った。彼が孤児だということを今初めて知ったかのように、わたしは胸が痛んだ。どんなに一生懸命人に優しくしても、どんなに美しいノースプラッシュの演技で飛び込んでも、純が孤児であることに変わりはないんだということが哀しかった。雨に濡れた純の右肩を、わたしの息で暖めてあげたかった。

天井を見上げると、雨がガラスを叩いていた。職員たちはすっかり水の抜けたプールに下りて、底を磨いていた。ダイヴィング・プールは、思っていた以上に深くて広かった。観覧席の上の電灯は全部消されて、プールから届く光だけが弱々しくわたしたちの周りに漂っていた。段々と夜の底に沈んでいくようだった。

わたしたちは、数学の補習のことや、修学旅行の準備のことや、生徒総会のことや、そんな取り留めのない話題について話した。そして時々、ガラス張りの天井を見上げて雨の様子を確かめた。少しずつ雨は弱まっている感じがした。

「リエちゃん、いつ頃退院できるかな。」

純が、取り留めのない話題のついでに何気なく喋ったリエという言葉は、わたしの耳に棘のように刺さった。

「そうねえ。」

一度見舞いに寄った時に見た、小児病棟の壁のクレヨン画や、枕元のミッキーマウスの縫いぐるみや、皺だらけのシーツにぼんやりとくるまっていたリエの姿をわたしは思い出した。

「彩ちゃんだろ？」

純の口調がそれまでと同じようにあまりにもさり気なかったので、わたしは何も理解できずに、思わず、えっ、と聞き返した。

「リエちゃんをあんなふうにしたのは、彩ちゃんだろ？」

純はまた同じ口調で繰り返した。純の言いたいことが、スローモーションの画面のようにわたしの中にしみ込んできた。彼の表情も仕草も、わたしをとがめてはいなかった。なのに、自分の気持ちが見る見る凍り付いてゆくのが分かった。

「知ってたの？」

声も冷たくかすれていた。

「うん。」

「どうして。」

「いつも彩ちゃんのこと、見てたからさ。」

それは、息が詰まるくらいひたむきな愛情の表現のようでもあり、取り返しのつかない別れの言葉のようでもあった。

「気づいてたんだ、前から。君がしてたこと。」

純はプールの底を見つめたまま、視線を上げなかった。

「リエちゃんは、母親にトイレで生み落とされた、かわいそうな子だよ。」

純の声は低く、ひんやりとしていた。

純がもっと一方的に責めてくれたら、何か言い訳ができたかもしれなかった。でも純は、恋を打ち明けるようにわたしの秘密をあばいてしまった。だからわたしはどうしようもできずに、自分の胸の鼓動を聞いていた。

もう何も言ってほしくなかった。哀しさが大きくなるだけだった。耳に残っているリエの泣き声が、水滴にきらめく純の筋肉をバラバラにしてしまった。水のないダイヴィング・プールへ落ちていくようなめまいがして、風景が歪んで見えた。

言葉のないひとときが二人の間を過ぎていった。二人がもたれている観覧席のてすりは、すっかり温かくなっていた。

「もうそろそろ、鍵閉めるんですけど。」

掃除をしている職員が、プールの底からわたしたちに向かって叫んだ時、揺れていた風景がやっと静まった。

「はい。」

大きな声で、純が答えた。

「雨、止んでるといいな。」

純は天井のガラスを見上げた。その横顔の輪郭を目でなぞりながら、純にはもう何も求められないんだと思った。優しく撫でてもらうことも、包んでもらうことも、温めてもらうことも。純は孤児の泣き声で濁ったわたしの中のプールには、飛び込んでくれないだろう。穏やかだけれど絶え間なく、波のように後悔が寄せてきた。

「さあ、行こうか。」

純の掌がわたしの肩に触れた。

「どこへ？」

肩が痛いくらいに熱かった。

「ひかり園さ。」

純の声が肩から伝わってきた。二人同じ場所へ帰らなければいけないことを、残酷な仕打ちのように受け止めながら、わたしはうなずいた。

あとがき

内田百閒《ひゃっけん》の短編小説『件《くだん》』を読み返すたび、五十年ほど昔、祖母と二人でサーカスを観に行ったことを思い出す。知り合いの人が切符を二枚くれたのだが、当時、祖父母に伯父夫婦、従兄たち、大勢で同じ敷地内に住んでいたなか、なぜ私たちが選ばれたのかは、はっきりしない。

サーカスは岡山駅から少し西に行った、操車場跡地にテントを張っていた。線路の名残りがとぎれとぎれにむき出しになっているだけで、あとはただ、むやみに広々としているばかりだった。そこまでどうやってたどり着いたかも、またぼんやりしている。絶対にバスや路面電車を使ったはずはない。祖母は三半規管が大変に弱く、どんな乗り物であれ五分と我慢できなかったからだ。

とにかく私たちは、視線のずっと向こうまで切れ目のない、埃っぽい広場に、二人、立っていた。

百閒の小説によれば、件とは〝からだが牛で顔丈人間の浅間しい化物〟である。主人公は気づくと、その化物に生まれ変わっている。全身がびっしょり濡れて尻尾から雫が垂れているほどだから、生まれて間がないのだろう。件もやはり、母親のお腹にいる間は、羊水に浸かっているらしい。

厄介なのは、件は生まれて三日の間に、人間の言葉で未来を予言し、死んでゆくという点にある。主人公は三日で死ぬことにこだわりはないが、何をどう予言していいか見当もつかずに困惑する。そうこうしているうち、件の予言を聴こうとしてどこからともなく、人間の群が近づいてくる。

祖母は着物の襟元から大事そうに切符を二枚取り出した。乗り物酔いのせいで滅多に外出しない祖母は、見ず知らずの場所に来るだけで、ひどく緊張している様子だった。普段より一段と腰が曲がって小さく見えた。

テントの中は獣のにおいに満ちていた。猛々しく、じっとりとして、執拗なにおいだった。たちまち祖母の着物と私のよそ行きのワンピースに染み込み、息をするたび体の奥深くに沈殿していった。角材で組まれた桟敷がぎしぎしと軋み、風がテントを揺さぶった。その音が混じり合って獣のうめき声のように聞こえた。しかしまだ動物の姿はどこにもなかった。ポスターの真ん中で火の輪をくぐっていたライオンも、男に鞭《むち》で打たれながら、小さな台に載って前脚を挙げていた象も、どこに隠れているのか、ただにおいを発しているだけだった。桟敷を埋める満員の客たちは、サーカスがはじまるのを今か今かと待っていた。

件の予言を待つ人々もまたじりじりしていた。件が一口水を飲んだだけで動揺が走った。一言も聴き逃すまいと耳を澄ましているのに、一向に何の予言もされず、苛立ちと不信感が湧き上がろうとしていた。

「おばあちゃん、気持ちが悪い」

私は言った。もうこれ以上、獣のにおいを我慢するのは無理だった。だってまだお前、はじまってもいないじゃないか、切符がもったいないよ、などと祖母は言わなかった。

「それは大変じゃ」

と言って、私の手を引っ張り、出口に向かって桟敷を一段一段下りていった。幾人もの膝を乗り越え、荷物を蹴落とし、靴を踏みつけた。皆迷惑そうに舌打ちをしたが、祖母は平気だった。

待ちくたびれて苛立った人々は、だんだん予言が恐ろしくなってくる。

「……何も云わないうちに、早くあの件を殺してしまえ」

群衆の中のその声は、主人公の耳にくっきり届いてくる。

〃……その声はたしかに私の生み遺した件の声に違いない〃

息子の姿を探して伸びあがった件に、群衆はおののき、四方八方に逃げ去ってゆく。

黄色い月が照る中、件は一人、取り残される。

テントの外に出ても獣のにおいは消えなかった。それどころか、いつの間にか強くなった風に、祖母の着物の裾と袖はバタバタとはためき、私の髪は逆立ち、二人の全身から獣のにおいがいっそう濃く立ち上っていた。私たちは飛ばされないよう、互いの胴に腕を回し、体を密着させた。祖母の体は極限まで腰が曲がってもうほとんど四つ這いになりそうなほどだった。

「おばあちゃん、あれ、なあに」

私は広場のずっと向こう、空と畑の境目から、黄色い雲のような、煙のようなものが立ち上っているのを発見した。

「黄砂じゃ」

そちらを見もしないで、祖母は言った。

その黄色いものは風に乗り、自由自在に形を変えながら、どんどん広がってこちらに近づいてきた。もはや風の音しか聞こえず、サーカスがどうなっているのかなど全然分からなかった。一度だけ、ライオンか象か、獣が吠えた気がした。それを合図にしたかのように、黄色いものは私たちの頭上で渦を描き、地面の砂を巻き上げ、二人の体を覆い尽くした。

「おばあちゃん」

呼んでみたってどうにもならないと分かっていながら、私はつぶやいた。祖母の体はじっとり濡れていた。温かい湿り気が私の掌から伝わってきた。更に強く体を密着させると、獣のにおいもまた濃くなって、黄色いものの中を漂っていった。祖母の背骨は曲線を描き、ちょうど私の腹から胸へと続く窪みにおさまっていた。

私たちは件になったのだ、私は件の祖母を産んだのだ、と分かった。

『件』について語る時、つい、黄砂にまみれて件になった孫娘が、祖母を産み落とす話、と言ってしまいそうになることがある。いや、それは私だけの『件』であって、本物の小説は違う、と慌てて自分に言い聞かせる。しかし私の中には確かに、サーカスを見物に行った日の、もう一つの『件』が存在している。

素晴らしい小説を読むと、しばしばそのようなことが起こる。実際に読んだ小説の世界が、自分の内側の何かと響き合い、不思議な反応を引き起こす。書かれた言葉の向こう側に、新たな情景が広がり、登場人物が思いがけない表情を浮かべ、気づくと小説の輪郭をずいぶんとはみ出して、遠い場所に立っている。その本が、自分だけの小説になったかのような喜びを味わう。

　小説は書かれた途端、作家の手を離れ、読者のものになる。小説と読者は一対一の関係を結ぶ。いい小説であればあるほど、その関係は密接になり、魅惑的な秘密を共有するようになる。

　以前、村上春樹さんとお話しした時、私の一番好きな短編小説『午後の最後の芝生』について熱く語ったところ、村上さんご自身は、そんなこと、書いたっけ……というようなきょとんとした顔をされ、話題は広がっていかなかった。けれどそれが私はうれしかった。『午後の最後の芝生』が自分だけの小説になっている証拠だと、思えたからだ。

　『完璧な病室』は私にとって初めて本になった一冊である。あっという間に三十年以上の月日が流れてしまった。にもかかわらず、こうして文庫が新装版になるとは、何と幸運なことであろうか。ここにおさめられた四つの小説それぞれが、読者の方々お一人お一人の手元で、自由に変貌し、膨張し、濃縮され、私には想像もできない、この世に一つだけの世界を生み出してくれていたら、と途方もない夢を描いている。

自分の書いた小説は子どもと同じようなものなので、できるだけ遠くへ旅立ってほしいといつも願っている。私自身が到底足を踏み入れられない未知の場所を旅し、自分が書いたとは信じられないくらい、たくましく成長してほしい。そのために、どうしても読者の方々のお力が必要になる。小説は読者の存在によって初めて完成されるのだ。

デビュー以来、ここまで、ずっと支え続けて下さった中央公論新社の横田朋音さん、ありがとうございました。そして私の未熟な小説を導いてくれる読者の皆様方にも、もちろん心からの感謝を捧げます。

二〇二二年の終わりに

小川洋子

本書は左記の四作品を収めた中公文庫版『完璧な病室』の新装版です。カバーデザインをリニューアルし、版を改め、新たに「あとがき」を加えました。

〈初出〉

「完璧な病室」　「海燕」一九八九年三月号
「揚羽蝶が壊れる時」　同　一九八八年一一月号
「冷めない紅茶」　同　一九九〇年五月号
「ダイヴィング・プール」　同　一九八九年一二月号

＊「完璧な病室」「揚羽蝶が壊れる時」は『完璧な病室』として刊行（単行本 一九八九年九月・文庫 九一年一二月 福武書店刊）、「冷めない紅茶」「ダイヴィング・プール」は『冷めない紅茶』として刊行され（単行本 九〇年八月・文庫 九三年六月 同）、中公文庫版『完璧な病室』は二〇〇四年一一月に刊行されました。

中公文庫

完璧《かんぺき》な病室《びょうしつ》

2004年11月25日　初版発行
2023年２月25日　改版発行
2024年７月30日　改版２刷発行

著　者　小《お》川《がわ》 洋《よう》子《こ》

発行者　安部 順一

発行所　中央公論新社
〒100-8152　東京都千代田区大手町1-7-1
電話　販売 03-5299-1730　編集 03-5299-1890
URL https://www.chuko.co.jp/

ＤＴＰ　嵐下英治
印　刷　三晃印刷
製　本　小泉製本

Published by CHUOKORON-SHINSHA, INC.
Printed in Japan　ISBN978-4-12-207319-7 C1193

定価はカバーに表示してあります。落丁本・乱丁本はお手数ですが小社販売部宛お送り下さい。送料小社負担にてお取り替えいたします。

ち-8-6
富士日記を読む
中央公論新社 編
小川洋子、荊部直、平松洋子、村松友視各氏による書き下ろしエッセイと、各紙誌に掲載された書評を収録。写真多数、文庫新版に対応する人物索引を付す。
206789-9

よ-39-4
針がとぶ Goodbye Porkpie Hat
吉田 篤弘
伯母が遺したLPの小さなキズ。針がとぶ一瞬の空白に、どこかで出会ったなつかしい人の記憶が降りてくる。響き合う七つのストーリー。〈解説〉小川洋子
205871-2

あ-80-1
あかりの湖畔
青山 七恵
湖畔に暮らす三姉妹の前に不意に現れた青年。運命の出会いが、封じられた家族の「記憶」を揺さぶって——人生の小さな分岐点を丹念に描く傑作長編小説。
206035-7

い-3-3
スティル・ライフ
池澤 夏樹
ある日ぼくの前に佐々井が現われ、ぼくの世界を見る視線は変った。しなやかな感性と端正な成熟が生みだす青春小説。芥川賞受賞作。〈解説〉須賀敦子
201859-4

い-115-1
静子の日常
井上 荒野
おばあちゃんは、あなどれない——果敢、痛快、エレガント。75歳の行動力に孫娘も舌を巻く！ ユーモラスで心ほぐれる家族小説。〈解説〉中島京子
205650-3

か-57-1
物語が、始まる
川上 弘美
砂場で拾った〈雛型〉との不思議なラブ・ストーリーを描く表題作ほか、奇妙で、ユーモラスで、どこか哀しい四つの幻想譚。芥川賞作家の処女短篇集。
203495-2

つ-6-14
残像に口紅を
筒井 康隆
「あ」が消えると、「愛」も「あなた」もなくなった。ひとつ、またひとつと言葉が失われてゆく世界で、執筆し、飲食し、交情する小説家。究極の実験的長篇。
202287-4

な-64-2
彼女に関する十二章
中島 京子
五十歳になっても、人生はいちいち、驚くことばっかり——パート勤務の宇藤聖子に思わぬ出会いが次々と。ミドルエイジを元気にする上質の長編小説。
206714-1

各書目の下段の数字はISBNコードです。978－4－12が省略してあります。

な-74-1
三の隣は五号室
長嶋 有
今はもういない者たちの日々がこんなにもいとしい。小さな空間の半世紀を驚きの手法で活写する、アパート小説の金字塔。谷崎潤一郎賞受賞。〈解説〉村田沙耶香
206813-1

ほ-16-3
ゼラニウム
堀江敏幸
彼女と私の間を、親しみと哀しみを湛えて、清らかな水が流れていく――。異国に暮らした男と個性的で印象深い女たちの物語。ほのかな官能とユーモアを湛えた珠玉の短篇集。
205365-6

む-4-3
中国行きのスロウ・ボート
村上春樹
1983年――友よ、ぼくらは時代の唄に出会う。中国人とのふとした出会いを通して青春の追憶と内なる魂の旅を描く表題作他六篇。著者初の短篇集。
202840-1

む-4-4
使いみちのない風景
村上春樹 文
稲越功一 写真
ふと甦る鮮烈な風景、その使いみちを僕らは知らない――作家と写真家が紡ぐ失われた風景の束の間の記憶。文庫版新収録の2エッセイ、カラー写真58点。
203210-1

む-4-9
Carver's Dozen レイモンド・カーヴァー傑作選
カーヴァー
村上春樹 編訳
レイモンド・カーヴァーの全作品の中から、偏愛する短篇、エッセイ、詩12篇を新たに訳し直した〝村上版ベスト・セレクション〟。作品解説・年譜付。
202957-6

む-4-11
恋しくて TEN SELECTED LOVE STORIES
村上春樹 編訳
恋する心はこんなにもカラフル。海外作家のラブ・ストーリー＋本書のための自作の短編小説「恋するザムザ」を収録。各作品に恋愛甘苦度表示付。
206289-4

む-4-13
「グレート・ギャツビー」を追え
ジョン・グリシャム
村上春樹 訳
フィッツジェラルドの直筆原稿が盗まれた。保険金総額二千五百万ドル。消えた小説の行方を知る者は？ 書店、作家、希覯本の世界。最強の文芸ミステリー！
207289-3

む-4-12
極 北
マーセル・セロー
村上春樹 訳
極限の孤絶から、酷寒の迷宮へ。私の行く手に待ち受けるものは。この危機は、人類の未来図なのか――読み始めたら決して後戻りはできない圧巻のサバイバル巨編。
206829-2